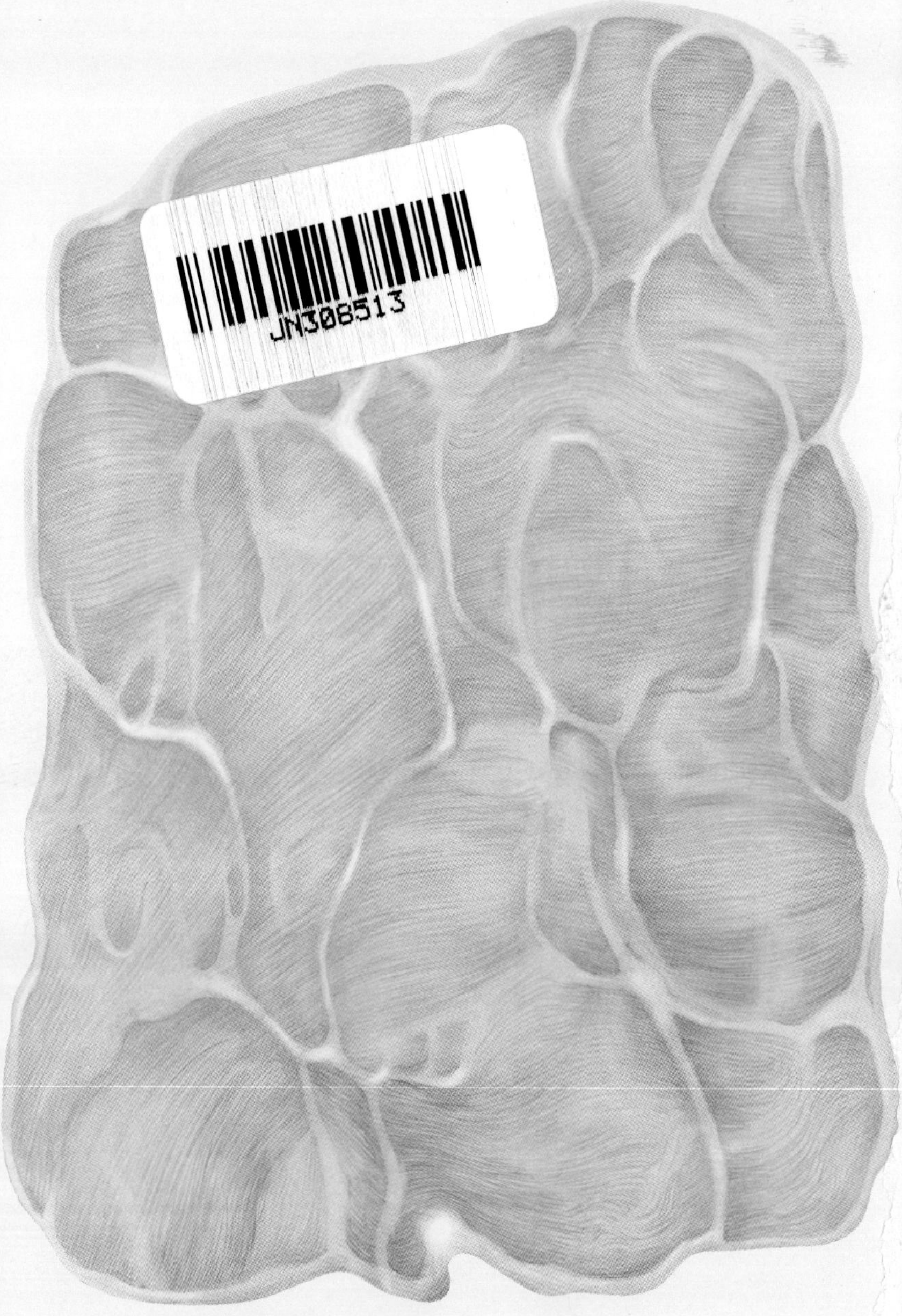



# 甘い水　東直子

リトルモア

# 甘い水

# 目次

装幀　服部一成
装画　渡邉良重

# 1　空――椅子の名前

そのころはまだ、わたしたちには名前がありませんでした。自分と、その他のひととの区別がついていなかったのです。

わたしたちはみな、やわらかくて心地のよい床の上にいました。いつも裸足で、やわらかい床の上の感じを確かめるように頬をあてて指でふれ、素足で踏み、歩き、ときには、飛び跳ねたり、ねそべったり、コロコロところがったり、しました。自由に動きまわっていましたので、たびたび、誰かとぶつかったり、重なりあったり、ときには抱きあったり、していました。

眠くなれば、その場でふうっと眠りました。

眠っているのか、起きているのか、いつも意識はあいまいだったように思います。

ときどき、口の中にあたたかくて甘いものが流れこんできました。

生きているということにも気づかずに、生きていたようなものでした。

その場にいったい何人いたのか、さだかではありませんが、広い広い、やわらかい床の上に、まだ名前のない、幼い生き物が大勢いたことは、たしかです。

そうして過ごしているうちに、いつの間にか床の上にいる人数が少しずつ減っていきました。わたしたちはあるときから、固い床の場所に移されました。そこでは、椅子に座ることを覚えました。おそらく木製の椅子でした。椅子は、とても大きな茶色いテーブルのまわりに、ずらりと並んでいました。

わたしたちは椅子に座り、テーブルの上で食事をとりました。食事は白い皿に盛られていて、大きな身体のひとが運んできてくれました。テーブルの端に大きな身体のひとが置いた皿を、端から順々に手わたしてゆきました。

白い皿の中には、湯気を立てているおかゆがありました。野菜の入った半透明のおかゆや、少し酸味のある赤いおかゆ、クリームで仕上げた白いおかゆなどでした。

わたしたちはスプーンを使って、おかゆを口に運びました。淡い塩味と甘味が身体に沁みてくるような、やさしい味のおかゆでした。

白い皿が片づけられたあと、わたしたちは椅子に座ったまま、わたしたちが覚えなくてはいけないことを、大きな身体のひとから教わりました。

たくさんのことです。でも、単純なことばかりです。

言葉と文字。数字と、数字の動かし方。身体を清潔にする方法。スプーンを上手に使う方法。眠っているひとをむやみに起こしてはいけないということ、など。

みな、おとなしく、まじめに耳をかたむけていました。むだなおしゃべりをしたり、はしゃいだりしたら、大きな身体のひとに固い棒のようなもので、ぴしゃりと肩をぶたれるからです。

椅子の背には、一つ一つ模様のちがう彫り物がほどこされていました。わたしたちは、自分の模様を選んで座るように言われていました。

椅子の模様には呼び名があり、それが名前のかわりになりました。わたしの椅子の背の模様は、以前からフランと呼ばれていたらしく、わたしはフランと呼ばれるようになりました。

左隣のひとは、ロロウ、右隣のひとはグリン、と呼ばれていました。ロロウとグリンとわたしは、しだいに仲よくなり、しばしば行動をともにするようになりました。

部屋の隅にある、小さなテーブルの下が、わたしたちのお気に入りの場所でした。

グリンは、フラン、フラン、フランとわたしの名前を耳元で何度も、息を吹きかけながらささやくので、わたしはくすぐったくて、笑いをこらえるのがたいへんでした。ロロウにも同じことをしていましたが、ロロウはそれほどくすぐったそうにしていなかったので、不思議でした。

ロロウには、いろいろなものをつねってみる癖があって、グリンもわたしも、腕や耳や顔をよくつねられました。その度に、思わず大きな声が出そうになるのを、がまんしました。たとえ椅子に座っていないときであっても、むやみに大きな声を出すことは、禁止されていたからです。

わたしは、二人の頬をてのひらではさむのが好きでした。そうすれば、顔を真正面から見ることができますし、少し力を入れると、頬がやわらかくへこんで、くちびるが、ぷるん、と前に出ます。顔がかわってゆくことが、おもしろくて、楽しくて、それに、やわらかい頬にふれているてのひらはあたたかくて気持ちよく、うっとりしました。

グリンの、少し肉厚の瞼の下でゆれる瞳と、ぷっくりとしたくちびる。ロロウの、いつもおどろいたように見開いている大きな目と、赤みの強いくちびる。どちらの顔も、大好きでした。


椅子に座っているひとも、ときどき、ふいにいなくなってしまうことがありました。しばらくして、いなくなってしまったひとのかわりに別のひとがやってきて、その椅子に座ると、前のひとと同じ名前で呼ばれました。椅子の模様がそのひとの名前だったからです。

ミヤムと呼ばれる椅子のひとは、わたしが覚えているだけでも、三度、ひとがかわりました。どのミヤムも、あまりしゃべりませんでした。三番目のミヤムが、とても小さかったことに、わたしたちは驚いたのですが、じっさいには、最初のミヤムがいたころのわたしたちと、三番目のミヤムは同じくらいの大きさで、ミヤムが新しくなるにつれて、わたしたちのほうが大きくなっていたのです。

小さなテーブルの下に、グリンとロロウとわたしの三人で入るには、いつの間にか大きくなりすぎていました。それでも、テーブルの下が大好きだったわたしたちは、なんとかテーブルの下に押し合いながらもぐりこんで遊んでいました。

グリンが、ある日耳元でささやきました。

「ぼく、もういかなくちゃいけないみたいなんだ」

「いかなくちゃいけない？　どうして？　どこへいくの？」

「わからない。どうしてなのかも、どこへいくのかも。でも、とにかく、ここからは消えるんだ。きっとそのうちに、ぼくのかわりに、新しいグリンが来るんだね。ミヤムたちのように」

「ちがう顔のグリンなんて」

わたしは、グリンの頬をはさんで、ぎゅっと押さえました。いつものように、おかしな顔になりました。でも、ゆかいな気持ちには、ちっともなれませんでした。

フラン、とグリンがささやきながら息を吹きかけました。それはいつものようにくすぐったくて、目を閉じてしまいました。目を閉じるのと同時に、涙がこぼれました。

ロロウに、耳たぶをきゅっとつねられて、思わず目をあけたとき、グリンはもう、目の前からいなくなっていました。グリンがいない！　と気づいてあわてて立ち上がろうとして、思い切りテーブルに頭を打ちつけてしまいました。あんまり強く頭を打ったので、わたしはその場で気を失ってしまいました。

意識が戻ったとき、わたしは、自分の椅子に座っていました。机に腕を置き、その上でうつぶせになっていたようです。誰かがわたしを椅子に運んでくれたのでしょう。おそらく、大きな身体のひとが。

右隣の椅子に、グリンはいませんでした。グリンが言っていた通りだ、と冷静に受け止めましたので、驚きはしませんでした。ただ、その椅子から消えたグリンがどこへ行ったのか、次にどんな呼び方をされるのかが、気になりました。

新しいグリンがどんなひとかを想像することは、今までのグリンにうしろめたいような気がして、想像することはやめようと、自分の心に誓いました。新しいグリンが来ても、仲よくなんかならない、とさえ考えていました。

わたしが、そんなことを考えていたせいかどうかはわかりませんが、新しいグリンはなかなかやってこず、その椅子は、ずっと誰にも使われないままでした。


三番目のミヤムは、他の誰よりも食べるのが遅く、みなが食事を終えてどこかへでかけてしまっても、まだゆっくりとおかゆをスプーンで口に運んでいました。わたしは、ミヤムがおかゆを食べ終わるのを辛抱強く待ってから、テーブルの下で遊ばないかと誘いました。ミヤムは、薄茶色の丸い瞳をわたしに向けたまま、こっくりとうなずきました。

ロロウはすでにテーブルの下にいて、鼻歌を歌っていました。小さなミヤムがロロウにつねられないように、ロロウとミヤムの間に、わたしが座りました。

ロロウは、わたしたちが横に座ったことなど、まるで気がつかなかったかのように、鼻歌を歌い続けました。わたしとミヤムは、ロロウの鼻歌を黙って聞いていました。

途中でミヤムが、ロロウの歌に合わせるように、声を出しました。するとロロウが、わたしを越えてミヤムにがばりとおおいかぶさり、ミヤムの両頬をつねりました。ロロウは、機嫌よく歌っていたのに、邪魔をされたと思ったのでしょう。とたんに、ミヤムがぎゃあああ、と叫んだので、大きな身体のひとが飛んできました。そして、ミヤムからロロウを引きはがしました。

ロロウから自由になったミヤムは、テーブルの下からはい出すと、とたんにかけ出しました。大きな身体のひとは、抵抗するロロウを押さえることに気を取られていて、ミヤムがかけ出したことに気がつかないようでした。

そのとき、いつもは大きな身体のひとしか開けることのできない扉が開いていました。ミヤムの叫び声を聞いてあわてていた大きな身体のひとが、ドアを閉めることを忘れてしまったのでしょう。

ミヤムは、その扉の向こうへとすり抜けていきました。わたしは、すぐにミヤムのあとを追いかけました。わたしがミヤムを引き止めなくては、と思ったのです。

けれども小さなミヤムの足は、予想外にすばやくて、手が届きそうになったとたん、すぐに引き離されてしまうのでした。扉の向こうになにもない空間があり、空間の奥には、また扉がありました。ミヤムは扉を開き、さらに奥へと入っていきました。

ミヤムの開けた扉を、わたしもくぐりました。わたしたちは、いくつもの空間を、そうやってくぐり抜けていったのです。わたしはミヤムを追いかけながら、見たこともない、初めての場所を走っていることを感じていました。

いつも使っている椅子のある部屋以外に、こんなにたくさんの空間があったことに、驚きました。見知らぬ場所のことなど、それまで考えたこともなかったからです。

ここはどこだろう。

勝手に、いつもの椅子からこんなに離れてしまってもいいものだろうか。

わたしは不安でした。でも、走り出したミヤムは、追いかけても追いかけても、止まってくれません。ミヤムの背中を見失わないように、走り続けることをやめるわけにはいきませんでした。

灰色の壁の前で、ミヤムはうずくまりました。そこは行き止まりで、それ以上先に進める場所がなかったのです。わたしは、ミヤムに追いつくと、ミヤムをつつみこむように抱きしめました。

びっくりしたんだね、と声をかけたとたん、もたれかかっていた壁が急に開き、わたしたちは、壁の向こうへと転がっていきました。

あ、と思ったときには、壁はふたたび閉まり、わたしたちは、薄暗い小さな部屋に閉じこめられてしまいました。その部屋は、そのまま部屋ごとゆっくりと動きはじめました。

部屋が動くなんて、と、びっくりしました。くらくらしながら、わたしは、もとには戻れない場所へと向かっているのだ、と強く感じていました。「フラン」と呼ばれたあの模様の椅子に座ることは、もうないのだろうな、と。

ふいに消えてしまうということは、こういうことなのだなと思いながら、ミヤムを抱きしめて、目を閉じました。だいじょうぶ、だいじょうぶ、と心の中でとなえました。たった一人で知らない場所に行くのではない、ミヤムも一緒なのだ、ということが心強かったのです。

グリンは、たった一人で、どこかへ行かなくてはいけなかったというのに。

でも、とわたしは思いました。この動く部屋の先で、グリンにふたたび会うことができるかもしれない。グリンにまた会いたい、と心の中でつぶやきました。

動く部屋の壁がふたたび開くと、目の前に、長い長い廊下がまっすぐにのびていました。廊下の両端には、深い緑色のドアが整然と並んでいましたが、そのドアを出入りするひとの姿はなく、廊下は、ただただひっそりとしずまりかえっていました。

ミヤムと手をつなぎ、廊下をゆっくりと進んでいきながら、ドアの中に誰かがいるかどうか、耳をすませました。しかし、ドアで音が遮断されているのか、なんの物音もしませんでした。

わたしたちがさっきまで過ごしていた空間とここは、全く違う場所なのだ、と感じました。ミヤムも同じように思ったのか、神妙な顔をして、どのドアも開けようとはせず、手をつないでいるわたしにすべてゆだねるように、ついて歩いていたのでした。

しずかな長い廊下をひたすらに進んでいくと、やがて壁につきあたりました。行き止まりなのかと思いましたが、右側に、また廊下がのびているのに気がつきました。わたしたちは廊下を右に曲がり、ふたたび壁につき当たると、また、右側に廊下がありました。

その角を曲がったところで、そのひとに出会ったのです。

そのひとは、わたしたちを見て、おや、と言いました。

「ここは、おまえたちのような、子どものいる場所じゃあないよ。なんでいるんだい」

わたしは、黙りこんでしまいました。「ここは、ひとどおりのことをすませた大人たちのいる場所だ。おまえたちは、子どもだろう?」

「子ども、ですか?」

「子どもですか、と訊くところが、もう子どもなんだよ。大人は、子どもですか、とか、大人ですか、とか訊かなくても、自分が大人であることを、知っている」

「あなたは、大人、なのですね」

「そうだよ。大人を見たことがないわけじゃあないだろう?」

大人というのは、わたしたちに食事を運んできたり、覚えなくてはいけないことを教えたり、肩を棒でぴしゃりとたたいたりするあの身体の大きなひとのことなのだ、と理解しました。

「こんな場所があるなんて、知らずにやってきてしまいました。走り出したこの子を追いかけているうちに、小さな部屋に迷い込んで閉じこめられて、そのうちに、その部屋が動き出したのです。部屋から出て、どこへ行けばいいのかわからないまま、ここを歩いていました」

「それじゃあ、まちがってここに迷い込んでしまったんだね。帰り道がわからないのかい?」

「はい……。でも、あの場所に帰りたいとは、思っていません」

口から出た自分の言葉に、自分でも驚きました。しかしそれは、そのときのわたしの、ほんとうの気持ちでもありました。

それならば、とそのひとは言いました。クローゼットに住むといいわ、と。

「ちょうどクローゼットを一つ、整理して空っぽにしたところだったのよ。まるでおまえたちが、こうしてやってくるのを予想していたみたいにね」

「クローゼット」というものが、どんなものなのかわからないまま、わたしたちは、そのひとについていきました。ついていくしかないと思わせるものが、そのひとの背中にありました。

わたしたちは、そのひとが開いた緑のドアの中へ入りました。ドアの中は、こじんまりとした部屋で、小さな白い机と白い椅子があり、白いベッドが一つありました。

「クローゼット」とそのひとが呼ぶものは、二つありました。白い扉についた把手を持って両開きにすると現れる空間が、「クローゼット」と呼ばれる場所でした。そのひとは、一つを開いて見せてくれました。洋服やかばん、帽子、そして大小の箱などがぎっしりとつまっていました。

「こっちはこんなに荷物がいっぱいでダメだけど、こっちなら」

そう言って、もう一つのクローゼットを開きました。わたしとミヤムがすっぽりと入りこめる空間が、そこにはありました。

中に二人で入ってみました。そこは薄暗くて、秘密めいていて、グリンやロロウたちと一緒にテーブルの下で遊んだ楽しい時間を思い出させてくれました。ミヤムも気に入ったようでした。

「ところで、あんたたち、名前はあるのかい？」

「わたしは、フランと呼ばれていました。この子は、ミヤム」

「ミヤム」

ミヤムは、自分の名前を、少し乱暴に口にしました。

「フランと、ミヤムだね」

そのひとは、うれしそうにわたしたちの顔を交互に見比べました。そのあとわたしにぐっと顔を近づけて目を合わせました。そのひとの目のまわりには、深い皺が何重にも重なっていて、黒い二つの瞳に、わたしの顔が映っていました。


わたしとミヤムは、クローゼットの中で膝を立てて座ったまま、手をつないで眠りました。

「狭くないかい、暑くないかい、辛くはないかい？」

そのひとは、たびたび訊きました。クローゼットに閉じこめていることを、申し訳ないと思っているようでした。わたしたちのほうが、迷惑をかけているというのに。ですから、できるだけ、元気よく答えました。

「いいえ、狭くも、暑くも、辛くもないです。わたしたちは、だいじょうぶです」

その部屋には、そのひとが一人で住んでいるようでしたが、ときどき、別のひとの声がしてきました。誰かが部屋を訪ねてきているようでした。声は小さく、なにを話しているかは、聞き取ることができませんでした。

クローゼットの中は、ほんとうは、狭くて、暑苦しいと思うこともたしかにありましたが、ミヤムがいつもそばにいるのだということが感じられて、一人ぼっちではないと思えることが、うれしくもありました。ここにいるかぎりは、誰かが急に消えてしまうという不安からは自由だと思いました。なぜだか、どこよりも安全な場所にちがいないと、強く確信していました。

一日に二回、今出ておいで、とそのひとに声をかけられて、クローゼットから出ていきました。すると、テーブルの上に食事が用意されていました。さまざまな食材を煮込んだスープが香ばしい匂いを放ち、かすかに焦げめのついたパンと、バターもありました。

テーブルも椅子も、スプーンもコップも皿も、一つずつしかなかったので、わたしたちは交代でその食事をとりました。

ミヤムがうれしそうに食事をしている姿を見ると、わたしもうれしくなりました。

お腹を充たして戻ったクローゼットの薄闇の中で、わたしはミヤムの頬を両手で押さえました。とてもやわらかくて、ミヤムの顔が、そのまま手の中でとけてしまうのではないかと思ったほどです。

ときどき、今日は、誰も部屋には来ない、安全な日だから、とそのひとが声をかけてくれることがありました。そんなときは、クローゼットから一日中出たままで、ベッドや床の上に足を伸ばして座ったり、部屋の中をゆっくり歩いたり、お風呂に入ったりしました。

浴槽は、膝を抱えなければ入れないような小さなものでしたが、目を閉じて、あたたかい湯につかっていると、自分が生まれる前の世界にいるような（もちろん、生まれる前のことなんて覚えていないのですが）心持ちがしたのでした。

衣服も、お風呂に入るたびに、取り替えてもらえました。そのひとが使っていたものに細工をして、わたしたちの身体にぴったりと合う衣服を、用意してくれたのです。

汚れた衣服は、そのひとが「洋服をきれいにしてくれる箱」に入れて洗っていました。

お風呂から上がり、清潔な衣服を身につけるのは、ほんとうに気持ちのよいことでした。そのうえ、テーブルの上に、つめたくて甘い、すきとおった赤い色の飲み物が、必ず用意されていました。

ミヤムは、それを飲むと、いつもうっとりとした顔になりました。ミヤムの、うっとりとした顔が、わたしは好きでした。

部屋の中は、いつも風の音がしていました。

風の音がすることについて、そのひとに尋ねたことがありました。

「ずっと空気を入れ替えているのだよ。ここは高い場所にありすぎて、窓を開けることなんてできないのだよ。高い場所は、風が強すぎるから」

窓からは、光がさしこんでいました。

「ここから見える、あれが空だよ」

わたしはそのひとに、窓から見えるものが「空」であることを教えてもらいました。じっと見つめていると、じんわりとあたたかな気持ちにもなれるし、意識が遠くなるような不安な気持ちにもなりました。

「おまえたちのいたところの窓からは、空は見えなかっただろう」

その通りでした。あの場所の窓は、高い天井近くにあり、背の低いわたしたちには、いいえ、大きな身体のひと、つまり大人であったとしても、空を見ることはとうていできなかっただろうと思います。

あの窓のことを知っているということは、そのひとも、あの場所にいたということでした。

「あたしは、この建物の中から一歩も出たことがない。それは、幸運なことだったんだと、今では思っているよ。とりあえず、こうして無事に毎日を過ごしているのだから」

そのひとは、自分も、かつてやわらかい床の部屋にいたこと、それから自分用の「椅子」を与えられたこと、あるとき、「椅子」のある部屋から出て、「大人の部屋」という場所で、しばらくくらしていたことを語り聞かせてくれました。そこで、子どもを十一人も産んだことも。

「あたしの産んだ十一人の子どもは、生まれるとすぐにどこかに連れていかれた。その後どうなったかは、わからない。おそらくは、同じころに生まれた子どもたちを、同じ部屋に、つまり、あのやわらかい床の部屋に集めて、育てたのだろうね。あたしやおまえたちが、そうして育ってきたように。そんなふうに、この空中の世界では、育つ力のある子だけが、生き残ってゆくのだよ。あたしの仕事は、無事に子どもを、できるだけ多く産むということだけだった。そこから先のことは、一切関与できないようになっていたのだよ」

「では、もしかしたら、わたしやミヤムが、その十一人の中の一人かもしれないですよね」

少し興奮ぎみに、わたしは言いました。しかし、そのひとは目を伏せて、フラン、それはないわ、残念だけど、と低い声で答えました。

「あたしが子どもを産んだのは、ずいぶん昔のことだもの。毎日かわりばえがしなくても、どのくらいの時間が流れたのかは、わかっている。最後に生まれた子どもも、生きていればとっくに〝大人の部屋〟にいるはずだわ。でもね、どうしているかわからないということは、悲しくはないの。知ってしまったら、悲しいことがたくさん出てきたかもしれないけれど、永遠に知らされずにすむんだもの。みんな永遠に、生まれたばかりのまっさらな姿のまま。十一人の子どもたちの、父親は全員違うのよ」

「父親？」

「まあ、そんなことは、どうでもいいことよ。考えるのは、よしなさい」

そのひとは、それ以上の質問には答えたくなさそうだったので、わたしも黙りました。

「世界には、地上という場所があって、そこは、空とつながっているらしいのよ。そして空と同じように、とても広くて、歩いても歩いても、ゆき止まりがないの」

わたしは、空とつながっている「地上」という場所を想像してみました。あのなつかしいやわらかい床のような場所だろうか、と考えました。

「地上なんてものはもう存在しない。窓から見える空もにせものだ、という噂もあったけれどね」

「そうなのですか?」

「あたしはそんなことあるもんか、いつか、地上というところに出て、確かめてやる、と思ったこともあったけれど、結局、そんな無茶はしなくてよかったと思ってる。フランも、ミヤムも、ここでしずかに、生きられるだけ生きればいい」

そのときミヤムが、ほほえみながらうなずきました。わたしは地上と呼ばれる場所に、一度くらいは行ってみたいと思ったのですが、ミヤムにつられるように、そのひとの話にうなずきました。


「あたしも先は長くはないのよ」

ある日、そのひとは言いました。

「そのときが来たら、おまえたちはあたしになって、あたしの名前で暮らせばいいよ。かわりにあたしをクローゼットに入れておけばいいから」

わたしは、そのひとの言う「先」というものがどういう意味なのか、わかりませんでした。いえ、ぼくぜんとはわかっていたのですが、わからないままでいるほうが、考えないほうが楽だと、直感的に思い、詳しく尋ねることはありませんでした。

ミリアム・ヘッド・ラヒン。

それが、そのひとの名前でした。

わたしは、言われた通り、その名前を受け継ぎました。ほんもののミリアム・ヘッド・ラヒンは、今もクローゼットの中にいるはずです。ミヤムと一緒に。

ミヤムは、ミリアム・ヘッド・ラヒンよりも先に、「先」が来てしまったのです。

ある朝、わたしが目を覚ましてミヤムにふれると、眠ったまままつめたくなっていたのです。どんなに声をかけても、ゆすっても、瞼は開きませんでした。

突然のできごとでした。つめたい身体のミヤムは、うれしそうな顔をしていました。あの甘い、すきとおった赤い水を飲んでいるときのような、うれしそうな顔。

その前日の夜に、わたしたちはそれを飲んだばかりでしたから、ミヤムは幸福な夢を見続けたまま、魂が去っていったのだと思うことにしました。

ミリアム・ヘッド・ラヒンは、しかたのないことだね、と、クローゼットで膝を抱えたままピクリとも動かないミヤムを見ながら、ぽつりと言いました。

「ミヤムは、命の薄い子どもだと、最初に感じていたよ」

ミヤムがつめたくなってしまったことは、大きな衝撃でした。どんな言葉をかけても、かたまったまま反応しないミヤムのことが切なくて悲しく、そして、少し怖くなりました。

ミリアム・ヘッド・ラヒンは、ミヤムの遺体を抱きかかえて、大きな白い布の上に寝かせました。それから、ミヤムの身体の上に、よい香りのする草を、身体がすっかり隠れてしまうくらいたっぷりとかけました。わたしもそれを手伝いました。ミリアム・ヘッド・ラヒンは、最後に布の端を持ち上げて、ミヤムをすっぽりとつつみこんで結びました。わたしは布と草に包まれたミヤムを抱えて、クローゼットの中に寝かせました。

「フラン、おまえはもうクローゼットの中に入る必要はないよ。この部屋を訪ねてくる人間は、もう誰もいやしない。あたしのことを覚えている者はみな、ミヤムと同じ場所にいる。あたしも、もうすぐそこに行くのだろうけれどね」

ミリアム・ヘッド・ラヒンは、数日のうちにみるみると痩せて弱っていき、ベッドから起き上がれなくなってしまいました。わたしは、ずっとベッドのそばによりそって、ミリアム・ヘッド・ラヒンがしてほしいことをしてあげました。

秘蔵品だという、薔薇の香油を数滴たらした水に浸して固くしぼった布で顔を拭いたり、足をさすりながら、ささやくように歌ってあげたり、ガーゼに含んだ果汁を、唇の上から絞ったり、しました。

ミリアム・ヘッド・ラヒンは、私の手を握ってなにかを言おうとしていたので、耳を近づけてみましたが、なにも聞こえませんでした。声が出ないようでした。耳を離し、唇の動きで言おうとしていることを探ろうとしましたが、痙攣したようにぶるぶると震える唇からは、言葉は汲み取れませんでした。

ミリアム・ヘッド・ラヒンは、ベッドに横たわったまま顔をまっすぐ天井に向け、うっすらと瞼を開いたまま、息を止めました。

わたしは自分がするべきことがわかっていました。ベッドのシーツを使って、ミリアム・ヘッド・ラヒンの身体を、ミャムと同じように、よい香りの草の中に閉じこめ、クローゼットの中に入れたのです。

白いクローゼットの扉を閉めたとき、とうとう一人きりになってしまった、という実感が込み上げてきて、膝の力が急に抜けてしまいました。

わたしは、床にうずくまったまま、悲しくて、淋しくて、不安で、胸が苦しくなりました。クローゼットの扉の前で、苦い涙を流し続けました。

〈あたしは、この建物の中から一歩も出たことがない。それは、幸運なことだったんだと、今では思っているよ〉

苦い涙を流し切ったとき、いつか、ミリアム・ヘッド・ラヒンから聞いた言葉が、記憶の底から蘇ってきました。

あのひとは、自分の人生を幸運だったと言い切っていた。わたしは、その幸運な人生を引き継げることの幸運をかみしめることにしました。

わたしがフランの名を捨てて、ミリアム・ヘッド・ラヒンとして生きはじめたことを、気づくひとはいませんでした。

週に一度、食料品が届けられるロッカーに食料を取りにいきました。ロッカーの鍵は、ずいぶん前にわたしてもらっていて、使い方はわかっていました。かつてミリアム・ヘッド・ラヒンの代理で、食料品を取りにいったこともあったのです。

三人で暮らしていたころ、その食料のほとんどを、わたしたちに分け与え、ミリアム・ヘッド・ラヒンは、ほんのちょっぴりしか食べていないことに気がつきました。当然のことながら、一週間分の食料品は、一人分しかなかったのです。そこで、用意されたパンを残したり、スープを残したりしようとしましたが、出された食事を全部食べることが子どもの仕事だ、と言ってゆずりませんでした。

わたしはロッカーから持って帰った食材を組み合わせ、塩のスープで煮込んで食べました。ミリアム・ヘッド・ラヒンがしていたように。

食事と睡眠と雑用をこなす以外の時間は、おおむね窓を眺めながら暮らしていました。ずっと薄暗い場所にばかりいたので、最初は明るい窓から注ぐ光の中で過ごすことにとまどいましたが、だんだん慣れてくると、気持ちのよいものだな、と思えるようになりました。

わたしは、ミリアム・ヘッド・ラヒンの生活を忠実に再現するように、日々を送りました。ミリアム・ヘッド・ラヒンは、わたしの身体で生き続けたのです。

ときどきは部屋の外に出て、長い廊下を行ったり来たりしました。わたしがニセモノであることに気づかれはしないかと怖れながらも、わたしたちがミリアム・ヘッド・ラヒンに偶然出会ったときのように、この建物の迷い子に出会えたらよいのに、という期待を抱いていました。

わたしの毎日は、安定していましたが、たいくつもしていたのです。迷い子がいたら、テーブルクロスを長くして、その中に住んでもらおうか、などと考えていました。

そんなころに、わたしは、ほんとうに迷い子と出会ったのです。

長い廊下の隅に、その子はうずくまっていました。驚かさないように気をつけてそっと声をかけると、その子は顔を上げました。その顔を見たとたん、あっ、と声を上げてしまいました。グリンの顔だったからです。わたしの右隣の椅子に座っていた、なつかしいグリン。あのころのままの姿をしていました。

グリンだ、と瞬間的に思いつつ、そんなわけはない、とすぐに否定しました。グリンだって、成長しているはず。この子はグリンではない、と思いながら名前を訊くと、グリン、と答えました。

やはり、グリンだったのです。

わたしは、はやる気持ちを押さえて、グリンを部屋の中に招き入れました。それから、床までたらしたテーブルクロスの中に一緒に入りこみ、グリンの両頬をてのひらではさみました。

覚えてる？　とグリンに訊いてみました。しかしグリンは、きょとんとしたまま、なにも答えてはくれませんでした。

ひどく切なくなりましたが、テーブルの下で遊んだのは、ずいぶん昔のことだから、忘れてしまったのだろう、と思いました。

今までなにをしていたの？　とわたしが訊くと、グリンは、少し首をかしげて、ぼうけんしてた、と答えました。そして、はやくマザーたちのところへもどらないとおこられる、とつぶやきました。

「マザー?」

「うん。マザーたちは、いつもはやさしい。でも、おこるとこわい。あなたは、マザーではないの?」

「わたしは、〝マザー〟ではないわ」

「じゃあ、かえらなきゃ」

テーブルの下から這い出そうとするグリンの手を取り、待って、と言いました。

「ここで、一緒に暮らしましょう。わたしは、〝マザー〟と違って、グリンがなにをしても、おこったりなんて、決してしないわ」

すると、グリンは、ぎゃあ、と声を上げ、マザー、マザー、マザーと泣き叫びました。

いつも冷静だったあのグリンが、こんなに子どもじみた泣き方をするはずがない。やはりこの子は、よく似ているだけの別人なのだ、と確信しました。わたしが椅子の部屋で出会ったグリンではない。

こんな泣き虫は、こちらから願い下げです。グリンの手を引いて廊下に出ました。

すると、濃い色の服を着たひとが向こうからやってくるのが見えたので、グリンを引き渡しました。そのひとたちは、わたしの部屋番号をメモし、名前を訊きました。

グリンを連れていたせいか、うっかりと昔の自分の名前――フラン、と答えてしまいました。すぐに間違えた、と気づき、ミリアム・ヘッド・ラヒンと、姿勢を正して答え直しましたが、部屋番号と名前を照合していたひとに気づかれてしまいました。

「ミリアム・ヘッド・ラヒンは、この人物ではありません！」

その声が廊下に響きわたった瞬間に、わたしの、かりそめの余生生活は、終わりを告げたのです。

「あなたには、あなたの使命があります。余生に入る前に、していただかなくてはならないことがあります。あなたはこれまで、良好とは言いがたい環境の中で生き抜いてこられました。その生命力を、ぜひとも我々の未来のために生かしていただきたいのです。検査結果により、あなたには、生殖能力も充分にそなわっていることがわかりました。まだ間に合います。つまりは、本物のミリアム・ヘッド・ラヒンがしてきたことを、あなたにもやっていただきたいのです。最初は辛いと感じられることもあるかもしれませんが、すぐに慣れます。慣れなかった方はいません。仕事というものは、そういうものです。あなたは、そういったことを、もっと学ぶべきでしたが、脱走により機会を失っていました。これから、取り戻していただきます。なに、心配することはありません。まだ大丈夫です。何度も言うようですが、あなたは、間に合ったのです」

「わたしには、他に行き場などないのでしょうから、あなた方に従います。ですから、一つだけ教えてほしいのです。グリンは、あの、わたしが部屋に連れて入ったグリンではなく、昔、椅子のある部屋で、わたしの右隣に座っていたグリンは、まだ生きてるのでしょうか？」

「その質問には、答えられません。我々には、調べようがないからです」

「では、地上は？　地上に降りていくことは、可能なのでしょうか」

「その質問に対しても、答えられません。同じく我々には調べようがないからです。質問は、これ以上受け付けません」

わたしには、「十五番目の水」という部屋が与えられました。以来わたしは、「十五番目の水」と呼ばれるようになりました。

わたしの仕事が終われば、この名前は、部屋とともに置いておくことになるのだそうです。そうなれば、ふたたびミリアム・ヘッド・ラヒンと名乗りたいとぼんやりと思いました。

そして、グリンが、椅子の部屋から消えてしまう日の前日に、テーブルの下でわたしに言った言葉を、ふいに思い出したのでした。

「ねえフラン、この世界の出口を、一緒に見つけてみない？」

## 2　地下――シバシとトリリ

今日はもう六時間も光を使ってしまった。私に与えられた時間は、あと二時間しかない。戸棚から瓶を一本取り出し、飲み干した。甘い水が、身体の中に沁みていく。これで、明日の朝目が覚めるまでは、身体が持つだろう。

光のあるうちに、寝床にもぐりこんだ。それから、身につけていた衣服をすべて取り去った。こうするほうが、甘い水のめぐりがよくなる、とシバシが言っていたから。もしかすると今夜あたり、シバシがやってくるかもしれない。

しかし、今日はもう疲れた。身体中の力を抜いて、目を閉じる。目を閉じても、すぐに眠りに落ちることはできなかった。

なかなか眠れないとき、眠りに落ちるための方法には二通りある。なんの意味も持たないことをとなえ続けるか、自分にとってなんの意味もない物語を空想し続けるか。このことも、シバシから聞いた。

空想の物語は、なるべく愉快なものにしようと思いながらも、いつのまにか苦しい方向へとねじれこんでいくので、意味のない言葉をとなえる方法しか使わないことにしている。ずいぶん長く無意味なことをつぶやいてみたが、頭はますます冴えてしまった。シバシの言うことが、いつもうまくいくとは限らない。

だんだん体がむずむずしはじめたので、寝返りを打った。そのとき、背中になにかがふれた。あたたかい。私は振り返る。

シバシだ。

私たちは目を合わせて、言葉をかわさないまま、ほほえみあった。とたんに光が消えた。闇の時間が来たのだ。

この地下の世界では、約束された光の時間が終われば、完全に光がなくなってしまう。目を開いても、なにも見えない。今日は、闇になる前に、シバシの顔を見ることができて、よかった。

私は、闇の中で手をのばしてシバシにふれた。どこにふれてもシバシの皮膚だった。すこし、ざらりとした手触りの皮膚。シバシも裸だった。シバシの皮膚の下で、うねるように動く固い筋肉を感じる。私たちは、互いの体温をわけあうように、よりそった。暗闇の中のしめった皮膚は、そのままとけあって一つになってしまうような気がした。

とけあってしまえばいい。身体などなくなってしまえばいい。シバシといると、私は、いつもそんなことを考えてしまう。

私たちは、地下から湧き出る甘い水を飲むだけで生きのびている。他の食べ物や飲み物は、一切口にしない。だから、私もシバシも、同じものでできている、ということだ。ならばいっそ、一つになれたらいいのに、なるべきだ、と思う。思いながら、深い眠りに落ちていった。

目が覚めたとき、光があった。壁のデジタル表示には、1h20mという文字が点滅していた。光がついてから一時間二十分も眠ったままだったのか。

シバシは、いなくなっていた。

机の上に、メモがあった。

「F#3地区に行く」

走り書きのような、乱れた文字でそう書かれていた。

シバシは、毎日訪ねてくることもあれば、何日も来ず、通路などでも姿を見ないことがある。もしかしたら、もう二度と私のところへやってくることはないのかもしれない、とすっかり絶望的な気持ちになったころに、ふらりと姿をみせるのだった。

シバシは、地下生活者の甘い水の安定供給のために奔走しているらしい。そのためには、新しい水脈が必要なのだと言っていた。誰もが、甘い水を求めている。しかし甘い水は、いつかなくなってしまう、とシバシは言う。甘い水は、無限に湧き出ているわけではないのだ、と。

もし、シバシの言うことがほんとうなら、地下生活者は、いずれ皆、飢えて死に絶えてしまうことになる。なんとかしなくてはならない。私も手助けをしたい、とシバシに言ってみたが、勝手な行動をしてはいけない、と急に語調が強くなった。

他の地区へ行くことができるのは、この地区では自分だけであること、それ以外の人間がそのようなことをしたら、危険が伴うばかりで意味のないこと。そういったことを私にこんこんと語り聞かせた。

ほんとうに必要なときは、こちらから頼むから、今は余計な心配はせずに、生活に慣れることだけを考えればいい、と最後に言った。

シバシがそう言うのなら、余計なことは考えないようにしようと思った。けれども、私を覆っている被膜のような不安は、日ごとに厚みを増してきている。シバシは、私が知らない、あるいは忘れてしまったたくさんのことを、知っている。けれども、それは、ほんの少ししか教えてくれない。もどかしい。

シバシの心に、私の心を直接つなげることができたら、どんなに……。考えても仕方のないことを、ついまたじくじくと考えてしまう。考えることしか、することがないからだ。

私がいるB#1地区の甘い水は、集会所の「水場」の底から絶えず湧き出ている。そこから必要な水を汲み取って、規定の瓶につめて自室に持ち帰る。水を持ち運びするための瓶は、三本しか与えられていないので、必要があれば、なんども足を運ぶことになる。

私は、いつも水場で一本分の水を飲み、その後三本の瓶に水を充たして、自室に持ち帰っている。

水場にたどり着くためには、よく似たわかれ道がいくつもある、複雑に入り組んだ地下通路を歩かなければならず、いったん迷ってしまうと、なかなか自室にもたどり着けなくなってしまう。なにしろ、光のある時間が限られているのだから。光があるうちに部屋に戻らないと、闇の通路に取り残されてしまうことになる。闇の通路はつめたく、そのまま命を落とす者もあるという。だから、光のある時間を無駄にしないよう、迷わないように慎重に歩を進める。

今のところ、水場の水が減っているようには私には見えないが、シバシは、この間、水場をじっと見つめて、「水が痩せている」とつぶやいた。湧き水が出ていることを示す水の輪が、以前より小さくなってきているというのだ。

水の輪が小さくなっていないか、私も毎日確かめてみるのだが、私には判別をつけることができない。

光の経過時間の表示を見つめながら、シバシは無事に「F#3地区」にたどり着いたのだろうか、と思う。シバシが出かける前に目を覚ますことができなかったことが、悔やまれる。シバシの背中を見送りたかった。ドアの向こうに消えていく背中の記憶を、とどめておきたかった。

私は、空になった三本の瓶を袋に入れて、今日の甘い水を得るために部屋を出た。

地下通路は、光を節約するためなのだろう、かなり薄暗い。ときどきすれ違うひとがいるが、意識的にのぞきこまない限り、顔が判別できない。でも、だれものぞきこんだりは、しない。皆、そっと生きているのだ。光がやってきて、一日がはじまる。その一日を生きのびるために、水を求めるために、歩く。ただ、それだけの繰り返しだ。繰り返すしかないことを、知っている。

後ろから早足で私を追い越した背の高いひとが、振り返った。立ち止まって、こちらをじっと見た。私も立ち止まって、その顔をよく見た。はじめて見る顔だ。この地区の人間ではないのだろうか。

「なにか、ご用でしょうか？」

できるだけ、おだやかな声で聞いてみた。

「水を、探しているんですよ。ここには、甘い水が、いくらでも、あるんでしょう」

「いくらでもって……。あなた、ここに来たばかりなんですか？　まさか、他の地区から越境してきたのでは、ないでしょうね」

「越境、ってなんですか？　地区って？　なんのことだか、さっぱりわからないんですよ。ここ、なんなんですか？」

私は、そのひとの瞳を凝視した。あやしげなひとを見つけたら、遠慮なく瞳に視線を集中させなさい、そうすれば真実を言っているかどうか、おのずとわかるはずです、とシバシが言っていた。

そのひとの瞳は、うつろにゆれていて、とまどっているようだった。

「ほんとうに、なにも、わからないんですね？」

「そうです、わからないんです。甘い水さえ飲んでいれば生きていけるから、大丈夫だからって、それだけ言われて、いま、ここに、放り出されたんです。でも、そんなこと言われたって、どうしたらいいのかわからなくて、すれ違うひとに、いろいろ訊いてみようとしたんですが、みんな、言葉を忘れてしまったみたいに、なんにも答えてくれなくて。いえ、それどころか、顔も合わせてくれないんです。話しかけても、話しかけても、ぼくなんか、存在しないみたいに、急いでどこかに行ってしまう。もう、どうしたらいいかわからなくて、ほんとうに、泣きそうでした。ああ、よかった、あなたと、話せて」

よくしゃべるひとだ、と、あきれながら、その声を聞いていたが、切実であることは、伝わった。このひとの言っていることは、ほんとうなのだろう。

「水場は、ここB#1地区の集会所にあります。わたしも今から行くところですので、案内します。ついてきてください」

「よかった、ほんとによかった」

そう言いながら、私の手を取ろうとするので、すばやく身体をよけた。

「さわらないでください」

私の身体にふれていいのは、シバシだけだ。私が、自分で決めたことだけれど。

「す、すみません」

だらりとさげたその細長い手には、なにも持っていなかった。

「あなた、瓶は？」

「瓶？」

「甘い水を入れるための瓶ですよ。三本、あるはずです」

「知りません、そんなものは」

「知りませんって……。部屋に置いてあったでしょう？」

「部屋って、なんですか。部屋を、もらえるんですか」

「地下生活者に最低限与えられている個室ですよ。物置のような狭い部屋ですが。そこに三本の瓶が置いてあるはずです。これです」

私は、袋から瓶を一本取り出して見せた。瓶には、コルクの蓋がついている。

「私たちは、甘い水をこの瓶に入れて個室に持ち帰り、保存するんですよ」

そのひとは瓶をじっと見つめ、弱々しく首を横に振りながら、唇をかすかに動かしたが、言葉にならなかった。

長い沈黙が流れた。

疲労が全身からただよっている。今のやりとりで、精神的なダメージもそうとう受けたようだ。とりあえず、水場に連れていって、甘い水を飲ませてあげよう。甘い水でお腹を充たせば、少しは元気になれるだろう。細かいことを考えるのは、それからでいい。

「とにかく、水場に案内します。迷子にならないように私の後をついてきてください」

その瞳をもう一度じっと見てから振り返り、歩き出した。

集会所の戸を開けて水場に着いた。角のとれた楕円の石で縁取られた水場のまわりに、数人が座っていた。無言で水を汲んでいる。皆、見知っている顔ばかりだ。

私は、連れてきたひとをうながして水場の水を飲むようにすすめると、いきなり水面に直接口をつけて、水を飲んだ。

「甘い……。甘いですね！　ほんとに甘い。甘い味だけがする。これ、ほんとに〝甘い水〟なんですね。ふしぎだなあ、この水だけで人間が生きていけるなんて」

あんまり勢いよく話すので、相づちも打てずにいると、まわりから強い視線を投げかけられていることに気がついた。

水場にいる全員が、こちらをじっと、表情を失った顔で見ている。このひとたちの顔は知っていても、ほとんど話をしたことがない。水場で顔を合わせても、会釈する程度で、お互いに立ち入らないことが、不文律のようになっている。名前さえ知らない。

私が会話らしい会話をちゃんとしたことがあるのは、シバシだけだ。この場所に私を連れてきたのがシバシだから。今、無心で甘い水に口をつけているひとが、さっき通路で立っていたように、私も、全くなにもわからず、ぼうぜんと暗い道にいた。そこにシバシが声をかけてくれて、地下生活者としての過ごし方を教えてくれたのだ。いつもそばにいてくれる、というわけではなかったけれど、不安が押し寄せてきてどうしようもなくなったときには、気配を察知したように、そばに来てくれた。

シバシ、というのは、正式な名前ではない。私たちは、地下に降りてきたときに、それまでの自分に関する記憶はなくしている。名前さえも。

シバシ、とは、私が頭に浮かんだ言葉を勝手に名づけたもので、私の心の中だけで呼んでいるものだ。一度も口に出したことはない。ここでは、誰も名前で呼び合ったりしない。

「なんで、みんな、さっきからなんにもしゃべらないんですか？」

暗黙の視線にさすがに気づいたのか、そのひとは言い、それからすぐに声をひそめた。

「あ、ここじゃ、しゃべっちゃいけない規則でも、あるんですか。そうだったら、すみません」

「そういうわけじゃ、ないですよ。必要がないことは、ここではあまり話さないように、なんとなくしているだけです」

私は、そのひとにそう言ったあと、全員に聞こえるように大きな声で説明した。

「このひとは、通路で、偶然出会ったんです。ここに来たばかりで、様子がよくわからないようだったので、水を飲ませてあげるために、連れてきました。でも、部屋がわからなくて、瓶を持っていなかったので……」

「新しいひとが来たってことは、誰かが一人、消えたということでしょう？」

灰色の髪のひとが、そう言ってぬっと立ちあがり、こちらに近づいてきた。私は思わず身構えたが、そのままそばを通過して、集会所の入口の柱のほうへ行き、指をさした。そこへ近づいてみると、柱に、白い紙がピンで留めてあった。自分の背より高い位置にあったので、すこし背伸びをしてその紙を取ると、「不在」と大きく書かれた文字の下に、B＃1地区の住居分布図が描いてあり、11とナンバリングされた部屋に赤い×印がつけられていた。その数字を見て、血の気が引いた。そこは、シバシの使っていた部屋だったからだ。

不在？

シバシが、いなくなったということ……？

昨夜まで一緒にいたのに。体温を、わけ合ったのに。

そして、シバシのかわりにこのひとが、来た……？

私は、水を飲んですっかり安らかな様子になったひとを見た。うれしそうにほほえみかけてくる。私は力なく笑みを返し、今、課されている自分の目の前にある運命を、とにかく受け入れようと思った。私はそのひとにメモを見せて、あなたの部屋と思われる場所がわかりました、と告げた。

自分用の水を瓶に汲み、そのひとを連れてふたたび地下通路を歩き、シバシの使っていた部屋を目指した。これから、このひとにとってのシバシに、私がなるのだ。ならなければならないのだ。

私が部屋から出るタイミングを見はからって、このひとがここに放たれたのだろうか。並んで歩きながら、このひとを心の中で呼ぶ名前をなににしようか、考えていた。

さっき、水面に直接口をつけて、鳥のように水を飲んでいたから、トリリにしよう。そう思って顔を見たとき、そのひとはトリリ以外のなにものでもなくなっていた。

私は、トリリ、と心の中で呼んで、顔をトリリに向けてほほえんだ。トリリは、てれくさそうな笑みを返した。その瞬間、目の前を一羽の黒い鳥が横切った。私は、あわててそれをよけようとして、身体のバランスをくずし、転んだ。

「大丈夫ですか？」

トリリは、私を抱きかかえてくれた。身体にふれられることが、もう不快ではなくなっていた。

「鳥が、通った」

「え？　鳥ですか？　なにも、見かけませんでしたけどね」

「見えなかったの？　今、鳥が、黒い鳥」

言葉にしたとたん、黒い鳥がまた目の前に現れた。今度は飛んではいなかった。空中に浮遊していた。手をのばしてつかまえようとして、ふれると、消えた。

幻覚だ。

忘れていたものを急に思い出したときに起こる現象だ。鳥という生き物がいたことを、長いこと忘れていたのだ。トリリの姿を見て、記憶の深い場所で消えかかっていたものが蘇ったのだ。

あなたが、鳥のように水を飲んだから、と、私の幻覚のわけを教えようとしたが、今はやめておこうと瞬時に思い直し、目の調子があまりよくなくて、とだけ言って、立ち上がった。

「ここ、暗いですもんねえ。ずっとこんなところにいたら、目もわるくなっちゃいますよ。いつまで、こんなところにいたらいいんですか？　はやくこんなところ、出たいですよね」

まだ来たばかりなのに、なにを言っているのだろうと、憤りに似た気持ちがわきおこったが、顔には出さないようにつとめた。私だって、最初はこんなところから、すぐに去ることができると思っていたのだ。いつから、ここにずっといることが当たり前だと思うようになったのだろう。いつのまにか、この生活から抜け出すことなど、頭の中をかすめることすらなくなっていた。闇と甘い水。それだけしかない毎日。なにも特別なことは起こらない。生きている、と思えたのは、シバシがそばにいたときだけだった。

「そのうちに、闇が来ます」

「え？」

トリリの喉ぼとけが、わずかな光の中で動いた。

「ここ地下の世界では、一日のうち、光のある時間は、八時間と決められているのです。地上の世界からそのように操作されているのです。八時間経つとすべての光は消え、全くなにも見えなくなります。部屋も、この地下通路も、すべて、闇になるのです」

「なんでそんなことになっているんですか。節電ってことですか。じゃあ、十六時間、闇が続くっていうことですね」

十六時間、という時間を言われ、思考が停止した。私は八時間、という光の時間のことばかり毎日考えていて、闇の時間については、考えることがなかったからだ。私が答えあぐねていると、トリリは、たたみかけるように言った。

「一日、二十四時間のうち、十六時間が闇だなんて、あまりにも長くないですか。光のある時間の倍ってことですよ」

言われてみれば、そうかもしれない。しかし、闇になってしまうと、時間の長さがわからなくなってしまう。目を開けても、闇。私は、最初それがおそろしくて、闇の中で固く目を閉じて、ふるえていた。

今はもう、闇の中にいることに慣れてしまって、夢を見ることもなく、闇の時間を眠りの中で過ごしている。光の時間が戻ってくれば、自然に目が覚めた。

闇の時間は、そんなに長いのだろうか。私たち地下生活者の生活は、地上からわけてもらっている人工の光でなりたっている。光のある間は、時間が表示されるが、闇の中では時間を示すものはない。闇の時間を操作されていたとしても、わからないだろう。地上と違って、一日の時間を変化させることは、可能なわけだ。でも、そんなことを深く詮索したところで、なにになるだろう。

もやもやと考えているうちに、ナンバー11の部屋の前にたどり着いた。シバシの部屋である。念のため、ドアをノックしてみた。しばらく待ってみたが、返事はなかった。やはりシバシはもう、ここにはいないのか。

そう思ったとたん、胸が苦しくなってきたので、ゆっくりと深呼吸をした。

「ここで無事に暮らしていくためには、毎日同じことを繰り返すということに慣れること、それだけです」

トリリにそう言ってから、ドアを開けた。

部屋の中には、簡易ベッドと、トイレがあり、生活用の水が出る蛇口が、黄ばんだ壁から突き出ている。丸みを帯びた蛇口が鈍く光っている。

シバシの使っていたわずかな荷物は、すべてなくなっていた。ベッドの布は、真っ白な、新しいものに取り替えられ、きれいに整えられていた。ベッドの上に、着替え用の簡易服が数枚、畳んで置かれている。淡いベージュ。地下生活者に共通のものだ。

作り付けの小さな棚には、瓶が三本、置かれていた。傷ひとつなく、つややかに輝いている。新品が用意されたようだ。シバシの瓶は、ガラスにうすい緑色の着色があり、傷だらけだった。新しい瓶は、無色透明なガラスでできている。蓋のコルクも、一度も使われたことがないらしく、白っぽく乾燥していた。これは、トリリのために用意された瓶なのだ。

シバシは、この部屋から完全にいなくなったのだ。なにもかも新しくなり、整然とした部屋の中を目の当たりにすることで、シバシの不在をはっきりと認めなくてはならなかった。シバシの存在していた影はすっかりなくなっていた。まだ少しは残っていてもいいはずの匂いさえ、部屋の中からかき消されてしまっていた。昨日まで、ここにいたのに。

今、目の前にいるのは、トリリ。

「この瓶を使って、甘い水を飲んでください。あの蛇口から出る水は、鉱物量が多くて飲めませんから、身体や衣服を洗うためだけに使ってください。もちろん、光のあるうちにしか使えません」

トリリは、へえ、と感心したように部屋を眺め、瓶を手に取った。トリリが持ち上げた瓶の下に、小さなメモが一枚あった。トリリが瓶に気をとられているうちにそのメモをかすめとり、手の中に丸めこんだ。

「では、私はナンバー17の部屋にいますから、困ったことがあったら声をかけてください。もちろん、光のある時間に。光の残り時間は、そこに出ています」

私は、壁の4h55mという表示を指さした。

「hが時間を、mが分を示しています。光の経過時間を示すものです。ですから、これだと、光のある時間が、四時間五十五分過ぎたということです。光の時間は八時間ちょうど。残り時間は、あと約三時間です。その間に、その瓶に水を汲みにいってください。この地図をたよりに」

さっき水場の柱から取ってきた、この部屋の位置を示す地図を手わたした。

「こんなのだけで、一人でまた行けるかなあ」

トリリは、不安そうな声をもらして、私の顔を見た。連れていってほしいのだろう。

「ここでは、一人で行動することが基本ですから」

つめたく突き放すように言い、部屋を出た。私の言ったことは間違ってはいない。私も、水場への道は、一度シバシに案内されただけだ。

自室に戻ると、すぐに、手の中のメモを広げた。そこには、えんぴつで「マテルカ」とだけ書かれていた。

マテルカ？　ひとの名前？　それとも、物？　あるいは「待てるか」という私への質問なのか。

紙とえんぴつは、各部屋の戸棚の引き出しに用意されている。甘い水を飲むだけの生活では文字を使わないので、文字を忘れないようにときどきなにか書くといいよ、とシバシは言っていた。その通りだろうと私も思い、しばらく日記のようなものをつけていたのだが、やがてやめてしまった。

毎日毎日が、同じことの繰り返しだったから。書くことなど、なにも思いつかなくなったのだ。でも、シバシは、きっといつも、なにかを書いていたに違いない。このメモも、文字をさらうためのラクガキのようなもので、意味なんかないのかもしれない。眠りに落ちるための呪文のように。捨ててもかまわないものが、たまたま棚に置いてあった……。

そんな憶測をめぐらせつつも、私がトリリをシバシの部屋に案内することになったのは、偶然ではないだろうと、確信していた。

シバシは、この世界に私を導き入れて、去った。かわりに、新しくこの世界に来た者を、私に導いた。私がシバシの部屋を訪ね、瓶をそのひとにわたすであろうことを前提に、やはりメモを置いたのだ。

マテルカ。待っていられますか？

シバシ、私、待っていればいいの？　待っていて、いいの？

わからない。そんな暗号のような言葉だけを残されても、どうすればいいのかわからない。

この文字は、ほんとうにシバシの文字なのだろうか。こんな四文字だけでは、判別がつかない。文字を見つめ続けるうちに、だんだんそこから意味が剝奪され、文字であったことを忘れ、紙に描かれた模様のように見えてくる。さらに見続けると、それが一枚の紙であることさえも忘れてしまおうとする自分がいた。

すると、シバシと初めて会った日のことが、蘇ってきた。

私の、地下生活の記憶は、薄暗い場所にうずくまっていたことからはじまる。

暑くも、寒くもなく、全身の感覚がまるでなかった。悲しいとか淋しいといった、感情も一切持たず、ただただ膝をかかえてうずくまっていた。

目が覚めているのに、眠っているような、あるいは、夢の中なのに起きていると思っているときのような、茫洋とした感覚の中に漂っていたのだった。

ふと顔を上げると、目の前にひとが立っていた。じっとその顔を見つめた。

知らない顔、知らない顔だ、と心の中で繰り返し思っているうちに、しらないかお、と口をついて出ていた。

そのひとは、私と目線を合わせるように、ゆっくりとしゃがんだ。

「あなたは、ここに来たばかりですね」

しずかな声で、そのひとは私に語りかけてきた。

手をのばして、最初にその身体にふれたのは、私のほうだった。

まず、そのひとの着ている、淡いベージュの上着の、袖口にふれた。そこから指を這わせるように上にすべらせて、肩にふれた。その手を、そのひとが取った。

「つめたい手ですね」

そう言いながら、私の手をやさしく握ったまま、しずかに目の前にもってきた。もう片方の手を取って、両手で私の手をはさんだ。

「身体が冷えているときは、体温をわけ合うんです、こうやって。ほら、だんだんあたたかくなってきたでしょう」

そうか、これがあたたかい、ということなのだ、と私は、その感覚を思い出していた。

「あたたかい……」

言葉がこぼれるように、声が出た。声が出るように、涙がこぼれ出てきた。

そのひとは、こんどは私の肩を抱き、耳元でささやいた。

「心配ないですよ、心配ないです……」

その声を聞きながら、意味のわからない涙を流しながら、シバシ、という名前が私の中で浮かんできたのだった。このひとは、シバシ。

「困ったことがあったら、助けになります。あなたがこの世界で、初めて出会った人間として、できる限りのことをします。私のことを信じていただければ、ですが」

「信じます」

私は、つぶやくような声で、シバシに誓った。


シバシは、いつも親切だった。ずっと初めて会ったときの、しずかな眼差しをしていた。

シバシが男であること、そして、私が女であることは、理解していたが、そんな区別はここではどうでもよいことのように思っていた。

シバシに、毎日会えるわけではなかった。けれども、シバシの部屋の場所を知っているということが、水を飲むだけの変化のない暗い地下生活のよりどころになっていたのだ。

これから、どうすればいいというの。

どうしたらいいかわからなくなるようなことを、投げかけたままどこかへ行ったりしないで、シバシ。

叫び出したくなった。が、こらえて、甘い水を一本飲み干した。そして、まだ光のあるうちに寝床にもぐりこんだ。もう眠ってしまおう。眠ってしまえば、シバシのことも考えなくてすむ。眠っているうちに、すっかり忘れてしまうことができるかもしれない。いっそ、このまま目が覚めなければいいのに。私の身体は、甘い水を運ぶための瓶と、なにも変わらないではないか。生きている意味はあるのか。

瓶にヒビが入ったように、目から水が出てきた。

これは、なに。

誤作動だ。私、間違ってる。壊れている。変だ。どこから、変になっていたのだろう。私から流れ出る水が止まらない。ヒビ割れがひろがっていく。私の水がなくなっていく。シバシ、これはなに。説明してください。最初から最後まで説明してください。私が失ったものを教えてください。私からうばったものを返してください。いいえ、なにもしなくていいから、とにかくここに来てください。今すぐ来てください。来なさい。来い、今すぐ、来い。

来い。

長い時間、身体を丸めてかたくして目を閉じていた。しかし、眠れなかった。目を開いてみると、いつの間にか世界は闇にかわっていた。

ドアがかすかな音をたてた。ドアが開いて、誰かが入ってきたようだった。

シバシ？

入ってきた者は、当然のように私のベッドにもぐりこみ、私を抱きしめた。

シバシなの……？

そのひとは、衣服を身につけていた。私は、手さぐりで衣服の下にある皮膚を探し、手ざわりを確めた。

シバシではない！

全身の力をこめて、その身体を押しのけた。

「あなた、誰⁉」

「地上へ案内する」

耳もとでささやかれた。

「地上へ、戻りたいだろう？　もしも……」

「帰ってください」

わたしは、まだなにか言おうとしている声を、大きな声でさえぎった。

「あなたのしていることは、重大な違法行為です」

身体が離れた。ため息のようなものが聞こえた。

「違法などと言っている場合ではないはずです。明日、また来ます。考えておいてください」

ドアの閉まる音がした。動悸が止まらなかった。

これも、シバシがしむけたことなのだろうか。私は、シバシの手の内の駒のように、転がされ続けていくしかないのだろうか。

無数の質問が、闇の中から濁流のように押し寄せてくる。質問は、私を混乱させた。しばらくすると、思考が完全に凍りつき、意識が飛んだ。

目が覚めたとき、光があった。表示は、0h24m。まだ光が来たばかりだ。起き上がると、背中が痛んだ。ここにもぐりこんだひとをつきとばそうとしたときに、傷めてしまったのかもしれない。

あれはやはり、夢ではなかったのだ。明日もまた来る、と、去り際に言っていた。ほんとうだろうか。

部屋は、内側から鍵がかけられるようになっている。ゆうべも鍵はかけたはずだった。シバシが私の部屋に入れたのは、合い鍵を持っていたからだ。その部屋に導いたひとだけが持っているという鍵。

枕の下をさぐった。鍵は、なくなってはいなかった。この鍵は、シバシの使っていた部屋のものだ。シバシが私に与えてくれた。一度も、これを使うことはなかったけれど。

きのう、トリリをあの部屋に案内したとき、鍵はかかっていなかった。内側から鍵をかけることができるということを、トリリに伝えるのを忘れていた。それだけは、言っておいてあげたほうがいいだろう。そう思ったとき、ドアを叩く音がした。

「あのう……」

ドアの外から聞こえてきた声は、トリリだった。

「ちょっと待って」

急いで服を身につけ、ドアを開けた。一歩下がった場所でうつむいて立っていたトリリが、顔を上げた。目を見開いて、ひどくうれしそうな顔を私に向ける。置き去りにされた幼児が、母親を見つけたときのような目だ。そう思ったとたん、幼児の泣き声が、耳の奥に響いた。幻聴だ。まどわされないよう、息を止めて身体に力を入れた。

「あのー、もうしわけないんですけどー、水飲み場への道が、ちゃんと行けるかどうか、自信がないので、今日も、連れていってもらえないかなあって。実は、きのうは、あれから、水場には行かないで、寝ちゃったんです。すごく疲れてたし。あ、明日からは、なんとかするように、しますから、今日は、どうか、その……」

トリリの細長い身体が、話をしながらゆらゆらとゆれる。

「わかった。今日だけは、連れていってあげる。その前に、ちょっとそっちの部屋へ行ってもいい？　確かめたいことがあるの」

「ああ、もう、いつでも。部屋は、散らかしようにも、なんにも物がないですからね。物がないっていうのも、さっぱりしていいもんですね」

ナンバー11の部屋の中に入り、トリリに鍵の説明をした。トリリは、へえ、そんなものがあったんですね、と感心するように言った。

「私はいったん外へ出るから、一度中から鍵をかけてみて」

「はーい」

トリリが、わざと子どもっぽく返事をしたことに少しいらだったが、まだなんにもわかっていないのだから、今は子どものようなものだ、と思い直す。

「鍵かけましたー。聞こえますかー?」

「そんなに大きな声を出さなくても、聞こえてる」

トリリに注意を促しながら、ドアノブを回した。動かなかった。トリリは鍵をかけることができたようだ。

持参したナンバー11の部屋の鍵を鍵穴に入れた。鍵はすんなりと入り、右に回すと、カチ、と小さな音がして、鍵が開いた。

私からドアを開けると、トリリが驚いた顔でベッドに座っていた。

「あれ、鍵、かかってませんでしたか。おかしいなあ、もう一度……」

「私が開けたのよ、鍵で」

「あ、そうだったんですか。ここの鍵を持ってるんですか?」

「そうよ。この部屋の鍵だけは前から持ってたの。使うひとが変わったら、鍵も変わってるかもしれないと思って、確かめてみたんだけど」

「変わってなかったんですね」

「そのようね。この鍵は、鍵を開けるためのもので、外から鍵をかけることはできない。あなたになにかあったときに、すぐに部屋が開けられるように、このまま私が預かっておきたいんだけど、いい？」

「はい、もちろん。なにかあったら、助けにきてくださいね」

トリリが、にっこりと笑った。やはり、私は、トリリにとってのシバシのような役目を負わなくてはならないらしい。シバシと違って、私は、他の地区へ行ける権限もないし、ここの世界をわかっているとは言い難いのに。ほんとうにそれでいいのだろうか。

ここにいる、他のひとたちはどうなっているのだろう。誰に連れられて、水場に来ることができたのだろう。皆、私より先に、ここで生活をしていたひとたちばかりのようなのだが、必ず最初に手引きしてもらったひとがいるはずだ。私とシバシのように、ひそかに誰かと誰かが支え合っているのだろうか。

思い切って一人ひとりに、これまでの経緯を聞き、知っていることを教えてもらおうか、と考えてみる。皆の知識を集めれば、ひょっとするとこの地下生活からの脱却も可能になるかもしれない。

動悸が高鳴ってくるのを感じながら、そうしよう、してみよう、と思った。しかし、水場に着いたとたん、その決意は、一瞬にして消え去ってしまった。

うめくような声と、身体がぶつかる音が集会所からもれてきた。ドアに近づいて、水場をそっとのぞくと、ひとびとが殴り合っているのが見えた。

暴動が、はじまってしまった。昨日まで皆、あんなにしずかにしていたというのに。

私が開けたドアをくぐり抜けるように、ひとが一人、出てきた。女性だった。口の端が切れて、血がにじんでいる。トリリに目配せして、そのひとを道の隅に、一緒に運んだ。

「大丈夫ですか。中で、なにが起こったのですか」

「水の取り合いよ。とうとうはじまってしまったわ」

「水が、なくなってきたのですか」

「見た目では、わからない。でも、誰かが言い出したのよ。水が減ってる、自分たちはこのままでは死ぬって。最初は、誰も聞いてはいなかったんだけど、そのうちに同調するひとが出てきた。たしかに水が減ってる、って。そうしたら、だんだんみんな騒ぎ出して、興奮した一人が、一人を殴った。それからは、あっという間よ。すぐに水場から逃げ出そうとしたけど、髪の毛をつかまれて引き戻されて、このありさま」

「たいへん、でしたね」

「もう中には入れないわ」

「えー、じゃあ、今日の甘い水は」

「あきらめることね。それとも、死ぬ覚悟で試してみれば。まったく、長い間、こんなことは起こらなかったたってのに」

そのひとは、よろりと立ち上がり、去っていこうとした。思わずその手を取って、止めた。

「あの、ということは、以前も、こういうことがあったということですか」

「そうよ。あなた、知らないの？」

「はい、私が来てからは、一度も」

「前は、うんざりするぐらいよく起こってたのよ。最近は、抑圧がかかってるみたいに、妙におとなしくなってたけど」

「抑圧……？」

「そうよ、抑圧よ。きっと水の中に、そういうふうにさせられてしまう成分が入っていたのよ」

「そう、なんですか」

「だって、そんなの簡単なことじゃない。水の中になにかを入れるなんて。水も光も、地上の人間が握っているんだから。皆、簡単に操作される。この暴動だって、興奮剤かなにかを仕込まれた可能性があるわ」

そう言っている本人が、興奮がおさまらない感じがありありとしていた。

「私は一瓶飲んだだけだけど、たくさん飲んでいたひとほど、ひどく暴れていた気がするわ」

「えー、じゃあ、ダメなの？　甘い水、ずっとダメなの？　やっぱり昨日のうちに汲んでおけばよかった」

トリリが声を上げた。すると、そのひとは、トリリにつめよった。

「あんたもしかして、きのう、ここに来たの⁉」

「そう、ですけど……」

「水を、飲んだね」

「え、そりゃあ、その、だって、みんな飲んでるし。なんで、ぼくがそんなに責められなきゃいけない、の？」

「口をつけてあわてて飲んでた奴がいるってところから、この騒ぎははじまったんだよ」

「ええっ？」

「そんなにあわてているんなら、水がもうすぐ枯れるんだろう、とか、そいつが水を飲むふりして、水になにか入れたんだ、とか」

話しながら、興奮が増してきたようで、いきなりトリリを力づくで押し倒し、ねえ、そうなの⁉　ねえ、あんたそうなの⁉　どうなのよ！　ほんとのこと言いなさいよ、許さないわよ、と言いながら、トリリの身体をゆさぶった。トリリの、抵抗しない無力な長い手足が悲しくゆれた。

「やめて、くれ、よ、おれ、ほんとに、なにも、なん、にも、しらない、しら、ない、んだ」

「やめてください」

私が大声を出すと、ぴたりと手が止まった。鋭い目が、まっすぐにこちらにつきささる。こんなに激しい目は、ここにきて初めて見た。

「あんたが、手を引いたのか」

「ちがいます」

「あんたのことは、前から様子がおかしいって、思ってたんだ。最初から、こうなるように、計画してたんだな」

「そんなこと、ありません。様子がおかしいって、なんですか」

「あんた。男を部屋に連れこんでいたそうじゃないか」

シバシのことだ。

「あのひとには、ここの生活のことを、いろいろ親切に教えてもらっていただけです」

「じゃあ、今すぐここにそいつを連れてきて、説明してもらえる？」

「それは、無理です。もう、部屋を引き払って、いなくなってしまったので」

「いないだって？」

見開いた目が血走っている。こめかみに筋が立ち、握りしめたこぶしに力がこめられている。

襲われる。

そう思った瞬間、視界からそのひとが消えた。トリリが押さえつけたのだった。トリリが手を離すと、そのひとは、ずるりと床に落ちた。あわててかけよってみると、意識はなかったが、息はしていた。

「あんまりなんで、気絶させてみました。すぐに目を覚ましますよ。逃げましょう」

「ええ」

水飲み場の騒動の声は、どんどん激しくなっている。もう収拾はつきそうにない。ここで倒れているひとのそばにいつまでもいると、ややこしいことになりそうだ。

でも、逃げる？　どこへ？

とりあえず、部屋に戻ろう。トリリを従えて部屋へと向かった。

「お腹、すいてるでしょう」

「いや、まあ、今のところは、だいじょうぶです」

「すくはずよ。あなた、身体が大きいもの」

「実は、そうですね」

「わたしの水をあげる」

「え」

「きのう汲んだものが、三本とも手付かずで置いてあるの。さっき助けてくれたお礼、というわけでもないけど」

トリリを部屋に迎え入れ、鍵をかけた。トリリは、すみません、と言いながら、甘い水を一本、ゆっくりと飲み干した。私たちに残された水は、あと二本。これで、どれだけ生きのびることができるのだろう。

〈地上へ案内する〉

昨日、闇の中でささやかれた言葉が、耳の奥から蘇ってきた。あれは、シバシが指示した使者だったのだろうか。私は、素直に使者の言葉に従えばよかったのか。

トリリの手を取って、そっと握った。

「つめたいね」

「つめたいですか」

「うん。あたためてあげる」

いつかシバシが私にしてくれたように、てのひらでトリリの手をはさみ、あたためた。

「こうすると、互いのエネルギーがめぐり合うの。そして、互いに、強くなれる」

「はい」

使者は、トリリも一緒に地上へ行くことをゆるしてくれるだろうか。地上とは、どんなところなのか。私は、地上へ行きたいのだろうか。

ここよりも、もっとひどいところへ連れていかれる可能性だってある。でも、どんなひどいところだとしても、たった一人で行くよりも、二人のほうがいい。

「今夜、私を迎えにくると言っているひとがいるの。一緒に行く？　私と」

「ここから、出られるんですね。もちろん、行きますとも」

トリリは、無邪気だ。このひとを巻きぞえにしても、いいのだろうか。

通路から、うなるような声が聞こえてきた。水飲み場の騒動が広がっているのを感じていた。

## 3　市長への報告

市長が眠りはじめて三十六時間が経過した。壁掛け時計と腕時計、そして携帯電話の時計を確認して、席を立った。三十六時間後に起こしてくれ、と頼まれていたからだ。しかし「仮眠室」の扉は、私がノックをする前に開き、きちんと身支度を整えた市長が中から出てきた。寝起きのせいか、眉間に皺を寄せ、不機嫌そうな表情である。

私は、一歩後ろに下がり、頭を下げた。

「おはようございます。よくお休みになられましたでしょうか」

「数字通りだ」

「はい」

市長は、三十六時間眠ったあと、三十六時間不眠で活動をする。睡眠時に栄養剤を点滴され続けた所長の身体にはエネルギーが充ちていて、食事はほとんどとらない。

「なにか大きな問題はなかったか」

「はい。ただし、地下生活者の暴動の報告を受けております」

「ふむ。まあ、そういうこともあるだろう。一応資料はもらっておく」

「はい、こちらに」

各部署からの報告メールをまとめたもののコピーを、市長に手わたした。市長は、あくびをかみころしながら受け取り、ちらりと文面に目をやると、すぐに小さく折り畳んで、スーツの内ポケットに入れた。

「この件に関しましては、地下生活者管理委員会から、人道的配慮を求めるとの声が上がっております」

「ふん。またそれか。人道的配慮、人道的配慮。そんな抽象的な言葉が通用する時代ではないことに、まだ気がついていないのか、やつらは。充分配慮してまいります、とでも答えておけ」

「かしこまりました」頭を下げた。

「それから市長」

「なんだ」

「息子さんから電話が、一度だけありました」

「なんだと？　なんの用事だ」

「用件は、伺っておりません。眠っていますとお伝えしたら、じゃあいいです、とおっしゃいました」

「じゃあいいです？　態度がなってないな。申し訳なかった」

「いいえ」

「今度帰ったときに、厳しく言っておこう。息子からの電話の件は、記録から削除しておいてくれないか」

「それは……」

「できないのか」

「すでに記録は保存センターに送信されております」

「お役所というのは、融通が効かないな。子どものしたことじゃないか」

「この件に関して、市長が責任を問われるようなこと、あるいは損害を被るようなことは発生しておりません。声紋も息子さんと一致しております」

「そこまで調べてあるのか。……わかった。その件は、もういい。コーヒーを一杯淹れてくれ。濃いめのものを」

「かしこまりました」

市長は、頭痛がするのか、こめかみを押さえてソファーに座り込んだ。

給湯室に入り、コーヒーの用意をしていると、ポケットの中のイヤホンが、光りながら震えた。市長の公用の携帯電話へ着信があったのだ。すぐに、内容記録のボタンを押し、イヤホンを耳に入れた。公用の携帯電話の内容は、保存センターにデータを送るために私がチェックできるようになっているのだ。市長はそのことを知らない。

「ここには電話してくるなと言っただろう」

「だって、あっちの電話に、パパ、出てくれないんだもん」

「パパは、常に誰よりも大切な仕事をしていて忙しいのだ。休みの時間などない。私用の電話の電源は、いつも切っている。市長室にも電話はするな。全部記録に残ってしまうんだぞ。おまえは、パパをクビにしたいのか」

「だってママが……」

「どうした」

「血をはいた。いっぱいはいた」

「それは、たいへんだったな。しかし、ママは入院しているんだから、医者にまかせておけばいいだろう」

「でも、ぼく……」

「ママの病気のことは、パパだってわかっている。心配してるさ」

「ぼく、こわいよ」

「泣きごとを言うな。泣きごとを言うやつは、地下に落とされるぞ。おまえは、暗闇の、汚い空気の中で、ネズミのようになって暮らしたいのか」

「ママが、目を開けてる」

「よかったじゃないか。持ち直したんだな」

「でも、目を開けたまま、動かないんだ」

「どういうことだ？」

「ぼく、ぼく……」

「会議が早く終わったら、病院に寄る。そこで待ってなさい」

「ここ、病院じゃないよ。病院にはいないって言えって、言われた」

「言われたって、誰に言われたんだ？　今、どこにいる？」

そこで突然、通信が切れた。市長へかけてきた電話は、非通知の電話番号だった。

「コーヒーをお持ちいたしました」

会話を聞いたことに気づかれないよう、なにごともなかったようにふるまった。市長は、ああ、ありがとうと言って、コーヒーを受け取った。さきほどは、大きな声を出していたようだが、目の前にいる市長は、動揺しているようには見えない。

市長の息子は一人だけ。ただし、婚姻関係にはない、愛人との間の子どもだ。市長の子どもとして認知はされているが、一般市民に公にはされてはいない。

「地下生活者に対する世論調査は、まとまったのかね」

「いいえ。懸案事項が出てきたようで、止まっています」

「なにが問題なんだ」

「アンケートを取ろうとしたら、地下生活者の存在自体を知らない層が多数いることが発覚し、扱いに迷いが生じているようです」

「地下生活者を知らない？　通信設備のない田舎にでもかけたのか？」

「通信設備のない田舎に、電話はつながりません」

「ふむ。都市部にいながら、情報が行き届いていないということか。テレビもネットも見ない層がいるというのか」

「そのようです」

「地下に落ちずにすんだ者の中にも、油断だらけの人間がいるもんだな。油断だらけだから、逆に生き残っているとも言えるか。そんなやつらは、意見ナシの中にでもまとめて入れておけばよいではないか」

「アンケートをとるためにかけた電話で、初めて地下生活者の存在を知った者が驚いて各方面に問い合わせをしてしまったようで、多少混乱が起きています。それで調査を一旦止めたのです。途中経過報告に、目を通されますか？」

「いや、目を通しても無駄だろう。とにかく、そういう事情なら、世論調査は中止にしよう。今日の会議で調査不能と報告する。人道的配慮委員会の出方が楽しみだな」

「はい」

市長が、私の肩に手を置き、耳元でささやいた。

「世論調査を今までの分で適当に作成することはできないのだな」

「はい。正確を期すために、アンケートの集計時には必ず、電話の音声データと照合されますから、ねつ造などできません」

「すばらしいシステムだ。おかげで仕事が一つ減った」

市長は、うつろにそう言うと、ちらりと窓の外を見た。黒い鳥が、空を横切った。

「また、鳥でも見にいきたいものだ」

「今、窓の外を飛んでいる鳥をご覧になったと思いますが」

「あんな、この辺を飛んでいる汚げなのではなくて、湿地帯を歩く、白い鳥だ。よくとがった嘴と、細くてながい、うつくしい紅色の脚をした……」

「それは、そうした白い鳥のいる湿地帯を探せという、業務命令でしょうか」

「いや、独り言だ。いちいち私の会話を、必要のないものまで拾うな」

「失礼いたしました。あと五分で会議が始まりますので、移動してください」

そう言ったとたん、市長室の電話が鳴った。反射的に電話に歩み寄った私の手を、市長がつかんだ。

「出なくていい。君は、会議室まで私を案内しなさい」

「わたくしが案内しなくても、護衛の者を手配してあります。ドアの向こうに待機しているはずです」

「いいから来なさい」

市長に命令されれば、従うしかない。

いつまでも鳴り止まない電話を気にかけながら市長とともに市長室を出て、その重いドアに鍵をかけた。

## 4　白い地面

闇の中に、光がともった。あかりを手に提げたひとが、ドアを開けて入ってきたのだ。そのひとは、私にあかりを向けた。

「失礼いたします。約束通り、地上に案内いたします」

抑揚のない声でそう言った。見覚えのない顔だった。下からの光に照らされているせいか、威圧感がある。私に近づいたとき、トリリに気づいたようだ。あかりをトリリのほうに向けた。

「あなたは、誰ですか。この部屋の住人ではありませんね」

トリリは、急に光を向けられて、まぶしそうに顔をしかめ、あぅ、と小さな声をもらした。私はトリリをかばうように一歩前に出た。

「このひとは、ここにきたばかりで、通路で迷っていたところに私が出くわしたのです。なにもわからないまま、とても困っているようだったので、ここで暮らす方法などを教えて、少し世話をしました。偶然かかわっただけとはいえ、このひとのことが気がかりです。今、私がいなくなったら、このひとはここでは生きていけないと思います。ですから、私を地上へ連れていくというのなら、このひとも一緒に連れていってほしいのです」

光を持つひとの眉間に、深い皺が寄った。

「あなたの考えは一応理解いたしますが、予定にない人物を連れていくことは、できません。あなた一人を案内するように言われているのです」

「もちろん、無理だと言われるだろうと覚悟していました。それでも、どうしてもお願いしたいのです。水場では、暴動が起きています。とても危険な状態です。甘い水を汲みにいけません。このひとをおいて、私一人で行くわけにはいかないのです。私だけしか連れていけないというのでしたら、私はここに残ります」

トリリは、え、いや、そんな、めいわくを、かけてまで、でも、その……と、小さな声であいまいなことを言いつつ、ふらふらと身体をゆらした。

「あ、でも、その、どうしたらいいか、ぜんぜんわからないのは、ほんとなんです。できることなら、助けてくださいよ、お願いします」

トリリは、哀願するように、光を持つひとの手をとろうとしたが、さっと振り払われてしまった。

「そのようなことをされても、無理なものは無理です。温情など求めても、無駄ですよ」

「では、なぜ私だけが地上へ出ることができて、このひとはダメなのですか。理由を教えていただきたいのですが」

「それはできません」

鋭い声が、質問をさえぎった。

「ここでぐずぐずしている時間はまったくないのです。我々は、非常に急がなくてはいけないのです。しかたがありませんね、とりあえず二人とも一緒に来てください。その後のことは、地上で解決いたしましょう」

「ほんとうですか⁉　地上にもどしてもらえるんですね！」

トリリが、高い声で叫ぶように言いながら、頬骨をあげて、うれしそうな顔をした。その顔につられるように私も頬がゆるんだが、すぐにその顔を見ることはできなくなった。迎えにきたひとによって、めかくしをされたからだ。

「こんなのしなくちゃいけないんだ。なんだか、ほんかくてきなんですね」

トリリが声を出した。おどけたように言っていたが、声が震えている。声のするほうに手をのばし、トリリの手をとった。トリリが私の手を握り返してきた。

「どうぞこちらへ」

もう片方の手を来訪者の手が取り、私たちは、うながされて椅子のようなものに座らされた。座ったとたん、椅子が動き出したので、身体がぐらりとゆれ、トリリと手が離れた。金属がきしむような大きな音が響いた。思わず両手で耳をふさいだ。身体が急に重くなった。

上昇しているのだ、と気づく。耳の奥が、キンキンと鳴っている。苦しい。トリリの低くうなるような声が聞こえる。同じように、苦しんでいるのだろう。

また、自分の意思とは無関係に、別の場所へ誘われている。意思、という言葉を思い出して、私に向かってなにかを言おうとしているひとの姿が浮かび上がってきた。大きな口を開け、目を輝かせて。

あれは、誰だろう。とても近しかったひと。いや、私自身なのか。

闇の中で記憶をたぐっていると、着きましたよ、の声とともにめかくしがとりのぞかれた。

まぶしい。なかなか目が開かない。これが地上の光なのか。

「地上の世界に慣れるまで、しばらくゆっくりしていてください。お連れの方は、しかるべき場所に移動していただきましたのでご安心ください」

「しかるべき場所？」

そのひとの発言に驚いた私は、なんとか目を開き、トリリを探した。さっきまでたしかにそばにいた気がしていたのに、どこにも姿が見えなかった。

「しかるべき場所って、どこですか。一緒に地上に連れてきてくれたのじゃなかったのですか」

「言葉が足りませんでしたね。あのひとは、たしかに地上へお連れしました。今は、この地上の世界で、安心して過ごせる、しかるべき場所にいます」

「そんな。いずれ別れることになるとしても、最後に顔を見て話をするぐらいは、したかったのに」

「あなた方は、あくまでも特例だったということを忘れないでください」

そのひとの目が、つめたく光った。

「私の案内は、ここまでです。しばらくここで待っていてください。すぐにこちらの案内人がやってきますから」

ぼうぜんとする私に、地上への案内人は背中を向けて去っていった。私はその背中がだんだん小さくなり、点のようになり、視界からすっかり姿を消すまで、見つめ続けた。

あたりにはなにもなく、ただただ白い地面が広がっているばかりだった。

こんなところに、私を迎えにきてくれるひとは、いるのだろうか。私はていよく置き去りにされただけなのではないだろうか。

なまぬるい風がふいて、首筋を舐めるように通りすぎた。やっと地上に出られたというのに、少しもうれしくはなかった。地下の深い闇の中の寝床が、もはやなつかしかった。

果てのない光の世界も、果てのない闇の世界も、同じことなのかもしれない。私は白い空間に背筋を伸ばして立ち、一歩を踏み出した。白い地面は、体重をかけると、かすかに沈んだ。

ぐるりとあたりを見まわすと、地面にきらりと光るものがあった。近寄ってみると、瓶だった。毎日甘い水を汲んでいた、あの瓶と同じものだった。

三本汲んでおいたもののうち、一本はトリリが地下で飲み干した。あとの二本は、トリリが部屋に置いてきてしまったように思ったが、トリリが持ち出したのかもしれない。これは、トリリが地上に出てから落としたものなのだろうか。もう一本はトリリが持ったままなのか。それならばよいのだが。トリリの、役に立っていれば。

シバシは、どうしているのだろう。シバシと会えなくなってからの時間が、長い。

瓶を拾い上げて、じっと見つめた。ひどく喉がかわいていて、空腹だった。コルクできっちりと蓋をされた瓶の中に、水が充ちている。これを飲んでしまおうか、とふと思う。拾ったものだから、この中身が甘い水だとは、かぎらない。こんなもの、飲まないほうがいいに決まっている。

しかし、勝手に手が動き、コルクの蓋を取った。そのまま瓶に口をつけようとした寸前で思いとどまり、瓶をさかさまにした。瓶から水がたらたらとこぼれ、足元を濡らした。

「なにやってるんですか！」

身体をゆさゆさと揺らしながら、こちらに向かってくるひとがいる。あんなに肉付きのよいひとは、ずいぶん久しぶりに見る。地下の世界にこんなひとはいなかった、と思ったとたん、そのひとに、手に持っていた瓶を取り上げられた。

「なんてことをするんです。ここをどこだと思ってるんですか、汚さないでください」

「どこ……って……」

あたりを見まわすと、たくさんの建物とひとに囲まれた、色鮮やかな街の中にいた。さっきまで、ただただ白い地面の広がる場所にいたはずなのに。まぶしくて、まわりがよく見えなかっただけなのだろうか。そんなことが、ありうるのか。

　と、背中になにかが当たり、つんのめった。誰かにぶつかったようだ。

「ほら。ここは通路ですから、そんなところに立っていたら邪魔ですよ。道を汚したことは、大目にみてあげるから、さっさとここから立ちのいてください」

「あの、でも……」

「なんですか」

「迎えがくるから、ここで待ってるように言われているのですが」

「こんなところで待ち合わせされちゃ、迷惑ですよ。どこの誰が、あなたを迎えにくるっていうんですか」

「それは、わからないんですけれど」

「は。わからない？　どういうことですか」

「名前も、なにも聞いていなくて」

「なんですか、その待ち合わせは。そんなあいまいなことで出会えるわけ、ないでしょう。で、あなたのほうは、どこから来たんですか」

「……地下から、来ました」

「え、なんですって？　冗談言っちゃいけません。地下街も地下鉄も、とっくの昔に閉鎖になってますよ。からかわないでください」

「からからなんて、考えたこともないです」

「ふん、どうだか。あなた、名前は？」

「…………わかりません、忘れてしまいました」

「やっぱり、そう言うと思った！　最近よくいるんですよねえ、そういう、記憶喪失のふりをして、ひとをだまそうとするヤカラが」

「だますつもりなんて。ほんとうに私、なんにもわからないんです」

「もうねえ、それ、古いですから、いいかげんやめたほうがいいですよ。おっと。ほら、ここにいたら、こんなふうにぶつかっちゃうでしょ。あっち行きましょ、あっち。迷惑にならないところで、じっくり話を聞きますから」

腕を、強い力でぐいと引かれた。

「待ってください、あなたこそ、なんなのですか」

「なに言ってるの、見ればわかるでしょ、アンタイですよ、アンタイ」

「アンタイ？」

「知らないとは言わせませんよ。街の安全保障対策委員会、略してアンタイ。なんども同じことを言わせないでくださいよ、舌かんじゃいますからね。あんまりおかしなことばかり言うと、しかるべき場所につっこんじゃいますからね」

「しかるべき場所……」

トリリは、しかるべき場所に連れていったと言われた。そこにいるのかもしれない。

私は、アンタイだと名乗るひとに、腕をぐいぐいと引かれていった。


さあ、こっちへ、とアンタイは言いながら、大きなビルの中へと入っていった。

入り口のカウンターで、アンタイは身分証明書のようなものを見せ、私のことを説明していた。

カウンターの中のひとは、私を一瞥すると、どうぞ、と言うように、手をかざし、中に入るようにうながした。

奥には、薄暗い廊下が長く続いていて、部屋が細かくわかれていた。それぞれの部屋に、とうめいな窓があり、中の様子が外から見えるようになっていた。

長い廊下を歩いていると、ある窓の奥に、釘付けになった。

シバシがいる。

思わず立ち止まり、窓に顔を近づけた。

「もう、どうしたっていうんですか」

私が立ち止まったことに気がつかずに先に進んでしまっていたアンタイが、あわててもどってきた。

「私、あのひとを知っています」

「なに、あなた、あのひとのお客さんだったの?」

アンタイがそう言ったとき、ドアが開いた。

「どうぞ」

中にいたひとが、ほほえみながら部屋の中へ導いた。よく顔を見ると、そのひとは、シバシではなかった。とても似ているけれど、別人だ、と気づいたが、なにもかも理解したようなそのほほえみにつられて、その部屋の中に入ってしまった。

「やっぱり、記憶喪失なんて、うそっぱちじゃないの、ふん、やっぱりだまされた、だまされた。勝手になさい」

アンタイは、私のことをののしりながら、去っていった。

シバシによく似たひとは、どうぞお座りください、と言って、丸い背もたれのある白い椅子をすすめた。促されるままにそこに座ると、やわらかくつつみこまれる心地がして、急激に眠気がおそってきた。

「あなたには、ずっと会いたいと思っている方が、おられますね」

意識が遠のきそうになる中で、このひと、声までシバシによく似ている、と思いながら、はい、と答えた。

「今なら、はじめての方のために、特別に少しだけ新しいシステムの体験をさせてあげられますよ」

「システムの体験?」

「心の中にある姿を立体的に映し出して、そのひとに言ってもらいたい言葉を話してもらうシステムです」

「そんなことが、できるのですか……」

答えながら、シバシのことを思い出していた。と、目の前に、ぼんやりとひとの輪郭が浮かび上がってきた。

「そう、そうです。そうやって、そのひとのことを思い出すだけでいいのです。今座っている椅子が、あなたが脳内に思い浮かべるイメージを自動的に読み取って、映し出しますから。あなたは、身体の力を抜いて、ひたすらに思い出していただければ、よろしいのです。会いたいと思っているひとのことを」

シバシのことを思い出せば、ここにシバシの姿が映し出される。そう思っているうちに、ぼんやりとしていた姿が、だんだんとくっきりとしてきた。

気がつくと、シバシが目の前に立っていた。じっと、私の目を見つめている。

思わず手をのばしたが、なににもふれることはなかった。

「あくまでも、あなたのイメージを立体的に映し出しているだけですので、そこに実体はありません。しかし、話をさせることはできますよ。そこにあるキーボードに、その方にしゃべってもらいたい言葉を入力してみて下さい」

「キーボード……」

椅子の前に、それはあった。見覚えがある。入力の仕方も、知っている。

「あくまで体験ですので、十秒以内でしゃべり終えられる程度の言葉にしてください」

「はい」

私は、黒いキーボードに両手を添えて、思いついた言葉を打ち込んだ。

「言葉を打ち込んだら、左上の確認キーを押してください」

指示されるままに、押した。幻のシバシのくちびるが、ゆっくりと開いた。

「僕たちは、地上にいたときから、恋人どうしだったのですよ」

シバシ、ほんとうなの？

自分が入力した言葉に、自分で反応してしまいそうになった。意識がもうろうとしてきた。私はなぜこんなことを、シバシにしゃべらせているのだろう。

話し終えたシバシは、ふっと姿を消した。

「なるほど」

シバシによく似たひとがつぶやいた。

「あなたは、記憶をコントロールされているのですね」

「どうして、わかるのですか」

「私は、脳のシステム管理の仕事をしています。ですから、脳の信号の流れを読めば、そういったことがチェックできるのです。封印された記憶を、あなたは取り戻したいですか？」

「そんなことが、できるのですか?」

「ええ、私を、信じていただけるのでしたら」

まっすぐに視線を向ける瞳は、ほんとうにシバシによく似ている。いや、このひとは、シバシそのものではないだろうか。どんどん薄れていく意識の中で思う。

暗闇の中で抱き合うことができれば、シバシ本人かどうかすぐにわかるのに。

こんなふうに考えていることも、この脳のシステムを管理しているらしい、このひとには、わかってしまうのだろうか。

このひとは、とても、おそろしいひと。シバシも、ほんとうは、おそろしいひと、だったのか。

そんなことを思ううちに、意識がどんどん暗闇へと、落ちていった。

# 5　新しいママ

その男の子は、ドアを開けて私の顔を見ると、一瞬驚いたように目を見開き、すぐにふうっとため息をついて、うつむいた。

「うん、わかった」

なにが「わかった」のか、見当がつかず、反応できずにいると、男の子は、言葉を続けた。

「ママに、なるんでしょう」

「え？」

「今のママが、ダメになりそうだから、かわりにママになるひと、なんだよね」

「かわりに？　わたしはただ、この部屋に行くように言われただけなんだけれど……。ダメになるって、どういうこと？」

「だいじょうぶだよ。ぼくには、もうわかってるから。ぼくだって、そうだったんだもん」

「そうだったって、なにが？」

「すぐにわかるよ。とにかく、ママに会うといいよ。というか、会っておかなくちゃ、今のうちに。こっちだよ」

男の子に手招きされるままに、天井から下がっている淡い色の布を、何枚もめくりながら、奥へと進んだ。布は薄く、やわらかく、光を淡く透過していた。

「ママ、来たよ。新しいママに、なるひとが」

男の子がそう言いながら、最後の布をめくりあげたとき、ベッドに横たわる女の人がいた。男の子の声が聞こえたのか、瞼が動いて、かすかに目が開き、白い顔をこちらに向けた。その目と、私の目が合った。

「あなたですか」

憔悴しきった表情だったけれど、その声は、思ったよりも、しっかりしていた。

「あの、〝あなたですか〟というのは、どういう意味なのでしょうか。この子が、私のことを、新しいママになるひと、と言っていることも、どういうことなのか、私にはよくわからないのですが」

女のひとは、私に目を向けたままほほえんだ。口を開いて、なにかを言おうとしていたが、言葉にならないようだった。長く話すことは、もうできないのかもしれない。言葉を出すことをあきらめたのか、女のひとの眉が下がり、みるみる悲しそうな顔になった。

「だいじょうぶだよ、ママ。むりしてしゃべんなくても。ぼくがあとでぜんぶ説明しておいてあげるから」

男の子は、女のひとの耳元でささやくように言った。すると、ベッドの中から白い腕がのびてきて、男の子の頭をなでた。黙ったまま、ゆっくりゆっくり、長い時間をかけて。

頭をなでているうちに気が遠くなってしまったのか、女のひとは、深い息を一つすると、だらりとその腕をベッドから下げた。

「ねむっててていいからね、ママ」

男の子はそう言いながら、白い腕を両手で抱えて、ベッドの上にそっともどした。それから天井から下がっている布をめくって、私に手招きをした。ベッドから離れて話をしようということらしい。

布を何枚かめくった先に、うすい茶色の、よく使い込まれたテーブルと椅子があった。

「そこにすわって。だいじなお話は、いつもここですわってすることになってるんだよ」

男の子が指をさした椅子に、わたしは座った。

男の子は、ちょっと待ってて、と言ってから、布をめくって奥へと入った。しばらくすると、水の入ったとうめいなコップを片手に一つずつ持って布の間からあらわれた。

「だいじなお話をするときは、のみものがなくちゃ。ママが、いつもそう言ってた。ママのしてたこと、覚えておいてね」

コップを、私の目の前に一つ置き、もう一つを自分の前に置いてから、椅子に、よいしょっと、と言いながら座った。子ども用に、高さを調整してある椅子のようで、座ると私と目線がほとんどかわらない高さになった。

「冷蔵庫でひやしておいたお水です。どうぞ、のんでください」

「ありがとう。喉がかわいていたのでうれしいです。いただきます」

コップを手にとって、口に含んだ。つめたくて、ほのかに甘みのある水だった。

「ちょっとだけ、甘いでしょ。つめたくないときは、もっと甘いよ」

男の子は、うれしそうに、コップの水をぐいぐいと飲んだ。

「おいしいな。好きなときにお水が飲めるのは、しあわせなことなんだよって、ママが言ってたから、これはしあわせな水なんだって、のむときいつも思うんだ」

「ママは、今までは、あんなふうにベッドで寝てるんじゃなくて、元気にしていたのね」

「うん、元気だったよ。家のことは、なんでもやってくれた。朝起きて、ご飯をつくって、お掃除してって感じで、なんでもできたんだよ。よく鼻歌を歌ったりしてた。あのママも、前のママのかわりにやってきたひとだったんだから」

「前のママ?」

「前のママには、ぼくは会ってないんだ。ぼくも、あとから連れてこられたひとなんだもん。前のぼくの具合がとても悪くなってから、ここに来たんだけど、そのときには、もう、あのママだったから」

「前の、ぼく……?」

「そう、前のぼく。なんだか、わかりにくいよね。ぼくもはじめは、ヘンなのって思ったよ。まわりのひとたちが、いつもなにかを言いたそうにしてたけど、なかなかほんとうのことは言ってくれないんだ。でも、そういうことなんだよ。そういうふうになってるんだって、やっとわかってきた。っていうか、あんまりよけいなことは考えないことにしたんだ。ぼくね、なにがあっても、かなしいって思わないことにしてるよ。ぼくはずっと、元気な〝ぼく〟でいつづけなくちゃいけないし、ママもずっと同じようにいつづけなくちゃ、いけないことになってるんだ。あのひとにとって」

「あのひとって？」

「あのひとは、あのひと。市長だよ。ぼくは、市長の息子なんだ」

「え、じゃあ、ママっていうのは……」

「ぼくのママは、市長とは結婚してないよ。ママは市長の奥さんじゃない。でも、ぼくのママは、市長の息子のぼくを産んだ。ぼくが市長の息子だってことは、市長もみとめてる。だけど、一緒にくらしたりはしないんだ。市長には、ちゃんと奥さんがいて、家族が別にあるから。でもね、市長の子どもは、ぼくひとりだけらしいんだ。だから、ぼくは、いなくなってはいけない子どもなんだって。ママもね。ぼくのことを、ちゃんとめんどうみてくれるひととして、ママはぼくにひつようでしょ。ぼくにひつようだってことは、市長にとっても、ひつようなひとってことになるんだ」

「それで、〝ママ〟も〝ぼく〟も、〝ダメ〟になりそうになったら、ひとが入れかわってるってこと？　でも、そんなことしたら、いくらなんでも、その市長というひとに、ひとが違うってことが、わかってしまうんじゃないの？」

「だいじょうぶだよ。わからないんだよ、市長には」

「どうして？　ずっと会ってないの？」

「それもあるけど、市長だって、いつもおんなじひとかどうかも、わからないし」

「市長も、ひとがかわってるってことなの⁉」

「そういうこともあるんじゃないかって、ママが言ってた。だって、市長は、とにかく、この世界にいなくちゃいけないひとなんでしょう？」

「世界の仕組みのことは、よくわからないんだけど、とにかく存在していなくちゃいけないひとっていうのは、いるのでしょうね」

「うん。そうなんだよ、きっと。だから、ぼくがほんとうの市長の子どもかどうかなんて、どうでもいいことなんだよ。ここにいるってことが大事なんだ。市長も、自分の息子がほんものかどうかなんて、どうでもいいんだ。存在していれば、それでいいと思ってる」

「市長が、そこまで割り切っているのかどうかは、わからないけれど……」

「今の市長は、ほんとは機械でできてるっていうウワサもあるんだよ」

「市長が、機械⁉」

「うん。市長が何日も眠ったままでいるのは、複雑な機械だから、充電をするのに時間がかかるからなんじゃないかって。ママも、そんな気がするって、言ってた。あのママはまだ、市長に直接会ったことはないみたいだったけど」

市長は、三十六時間眠りつづけ、三十六時間、不眠で活動を続ける、ということを、私は教えてもらったばかりだった。市長がつとまる機械など、ありうるのだろうか。ママというひとは、この子をからかっていただけなのではないかと思う。

「ママとは、そんなおしゃべりをよくしていたのね」

「うん。よくしゃべったよ。市長のことだけじゃなくて、いろいろ。ほとんどこの部屋に、二人きりでいるんだもん。ずっとだまったままじゃあ、きまずいよ。ママとおしゃべりするのは、好きだったよ。前のぼくと今のぼくを、今のママ、そして前のママから聞いた話で、思い出をつなげるんだ。つながらないところは、てきとうに、思い出を考える。ほんとうはなかったかもしれない、だけどもしかしたら、あったかもしれない思い出を二人で考えるのは、すごく楽しかったよ。わくわくした。いい思い出を思いついたら、なんども思いかえすんだ。こんなことがあった、あんなことがあったって。そうしているうちに、思いついた思い出なのか、本当の思い出なのか、わかんなくなってきちゃうんだ」

「混乱しちゃうわね」

「うん。ぼくの思い出は、めちゃくちゃなんだ。そこが楽しいんだ。でもみんな、そんなもんでしょ。頭の中の思い出って。今は、ママの元気がなくなっちゃったから、ほとんど話をすることもできなくなって、新しい思い出も古い思い出も、なかなかつくれなくなっちゃったけど」

「それじゃあ、さびしかったわね」

「うん、さびしいし、かなしかったよ。でも、でもね、かなしいって思わないようにしてる。あ、これ、さっきも言ったよね。ぼく、かなしいって、思わない。思っちゃいけないんだ。ママはいなくなるわけじゃない。だって、あなたが来たでしょ」

「ママは、まだ生きてるのに、新しいママになるために、私が来てしまったなんて……」

「生きてるうちに会っておくことが、かんじんなんだって。ぼくのときもそうだった」

「あなたは、〝前のぼく〟に、生きてるうちに、会ったのね」

「うん、会った。会うように言われたから」

男の子は目を伏せて、水を一口飲んだ。

「前のぼくのことを、教えてあげるね。やっぱり思い出は、つなげておいたほうが、いいでしょ」


この子、ずっとなにも食べようとしないんだって、ぼくを連れてきたひとが言ったんだ。どこかが悪いわけでもないのに、こまったもんだよ、って。その子がベッドでねてる、目の前で。わざと聞こえるように言ってるのかなって思うくらいの大きな声だった。そして、君はこの子とともだちになるんだよ、ってちょっとおどかすように言った。

それで、その子は、からだの上に、毛布を一枚だけかけてたんだけど、ほんとうにこの毛布の下にからだがあるのかなあって、ふしぎなくらいぺったんこだった。毛布から、肩と首と顔と、二本の腕と、足の先のほうが出てたんだけど、ぜんぶ、とても、とっても細くてね、しわしわになってた。片方の手にはね、とうめいな管がつながってた。管の先には袋があって、そこからぽたぽた水が落ちてきてたよ。

その子の顔は、大きな目のまわりがくぼんで黒ずんでいて、おでこにも、首にも、青いすじがいっぱいあった。

ぼくたちが、そばでその子のことについてしゃべってるのに、ぜんぜんかんけいのないことみたいに、なんにも反応しないんだ。ずっと天井を見つめたまま、まぶたもめったに動かさなかった。

その子のこと、じっと見てると、だんだんこわくなってきて、なにも食べてないって、いつからなのかなって、いろんなことを考えはじめると、よけいにこわくてしかたがなくなってきちゃった。

ともだちになろうとしてる子のことを、こわいなんて思うのは、よくないよくない、って考えるんだけど、でも、こころの中にもやもやできちゃった、こわいって思ってしまう気持ちを、なかなかなくすことができなくて、なんにも言葉が出てこなくって、ただただぼうっとその子のこと見てた。

そしたら、二人きりのほうが、話しやすいだろうって、ぼくを連れてきたひとが、急に言ったの。ぼくの肩に手をおいて、ちゃんと話をするんだよ、とか言って、どこかにいっちゃったんだ。

部屋の中に、ぼくたちは二人きりになってしまった。ぼくは、その子とともだちになるようにとしか、言われなかった。だから、とにかくなにか話をしなくちゃいけないって思って、でも、はじめて会った子が、ベッドにあおむけになったまま、むっつりだまりこんでいるのに、楽しくおしゃべりできることなんて、なんにも思いつかなかった。だから、いちばんきいてみたかったことを、きいてみたんだ。どうして、なんにも食べないの？　って。

その子の顔が、ゆっくりとこっちを向いた。ドキッとした。ずっと閉じていた口が、ゆっくりと開いて、とっても低い声で、食べたくないからだよ、って、ひとことだけ言った。とても小さな声だったけど、ちゃんと聞こえた。くちびるが動いて、その子がしゃべるのを、目の前でたしかに見たんだ。なのに、なぜだか、とっても遠い場所から聞こえたような声だったので、この子がほんとうにしゃべったのか、信じられないような気がしたんだよ。どうしてなんだろう。

でも、とにかくやっと声が聞けて、話をしてくれたんだって、ぼく、うれしくなったのもあって、どうして食べたくないの？　おなか、すかないの？　ケーキとかアイスクリームとかもダメなの？　おなか痛いの？　って、どんどんつづけてきいちゃったんだ。

そのうちにその子、目を閉じて、さいしょはおなかもすいたけど、今はもうなんにも感じなくなったって、ぽつりと言ったんだ。

ぼくは、この子は、このまま一生なにも食べないつもりなのかもしれないって、はっとして、そしたら、なんかこのあたりが苦しくなってきて、なんとかしてあげなくちゃって思って、でも食べないとしんじゃうよ、なにか食べたほうがいいよ、ってちょっと大きな声で言った。

そしたら、目をぱちっと開けて、また顔を天井の方に向けて、くちびるをかみしめるようにして、むっつりとだまりこんだまま、なにも言わないんだ。

すごく長い時間、そのままそうしてた。

ああぼく、よけいなこと言っちゃったんだな、もう口をきいてくれないのかな、と思いながら、ぼくは、きみと、ともだちになりたいんだって、ぼくが言わなくちゃいけなかったことを、やっと言ったんだ。

その子、目を大きく開いて、ちょっとびっくりした顔をした。でもそれはほんの一瞬のことで、口が開いて、少しだけ笑って、そういうことか、って、つぶやいた。

それでね、ぼくのほうに手をのばしてきたんだ。はじめは、その子がなにをしたいのかわかんなくて、空中を、ほしざかなみたいなその手が、ふらふら動くのをぼんやり見てたんだけど、あ、ぼくの手をにぎりたいんだって気がついて、ふらふらする手を、つかまえたんだ。こうやって、両手で。そっとつかんで、ぎゅってにぎった。

にぎってみたらね、その子の手、あついの。すっごくあついの。ぼく、思わず、あつーいって、声を出しちゃった。

あ、また悪いこと言っちゃったかな、いけない、って思ったけど、その子、ぜんぜん気にならなかったみたいで、ぼうっとした目のまま、さびしそうに笑って、きみのことあんがい好きだよ、ってぼくに言ってくれたんだ。

そんなふうに言ってもらえたことがすごくうれしくて、じゃあ、ぼくのともだちになってくれるんだねって、からだを乗り出して言ったら、ぼくから目をそらして、ううんなれない、だって。

おかしいよね。今、好きになれそうって、言ったばかりなのに。

ぼく、ものすごくがっかりしたけど、でも、あきらめられなくて、なんでなんでなんでなんで、好きになれそうなのに、なんでともだちにはなれないの、なんでって、しつこいくらいにくりかえし言ってたら、ぼくがにぎっていた手を、軽くにぎりかえしてきて、ふう一って、息を長く吐いて、手の力をすっかりゆるめた。ぼくも力を弱めたら、その子の腕が、ベッドからだらんとたれ下がった。腕は、そのままふわふわゆれた。

ぼくじゃあ、ダメなんだなって思った。

しばらくして、一つだけ、お願いがあるんだけど、って、小さい声が聞こえた。てんてきの針が痛いから、はずしてくれないかって。

ぼく、てんてきって意味がそのときはわからなくて、なんのことってききかえしたら、これのことだよ、ってとうめいな管がつながれているほうの腕を、ちょっとだけ持ち上げた。腕にささっている針が見えた。

たしかにちょっと痛そうだったけど、そのてんてきっていうものが、具合が悪いひとたちにとって、ひつようなものだってことぐらい、ぼくにもわかったから、でもそれ、とてもだいじなものなんじゃないのってきいたら、いいからはずしてよって、大きくてきらきら光る目で、ぜったいにお願いだよって感じに、言うんだ。

てんてきは、ずっとはずしたかったのに、もう自分では、はずす元気がないんだって。針のところまで、手がとどかないんだって。きみなら、かんたんにできるだろ、げんきそうだからって、じいっとぼくを見るんだ。

でもぼく、そんなことできないよ、こわいよってなんども言ったんだよ。

むりむり、ぜったいだめ、できないって、あわてて言ったんだ。

それでぼく、もうどうしてもそこにいるのがいやになってきて、出ていこうとすると、どうして行っちゃうのって、言ったの。ものすごうく低い声で。

君、そのために来たんだろって。ともだちって、ぼくができないことを助けてくれるひとのことでしょうって。ともだちになりたいんなら、助けてよって。

そうだ、ぼくはたしかに、この子のともだちになるためにやってきたんだったって、思い直して、きいてみたんだ。

ともだちって、なんでもそのひとのしてほしいことをしてあげるひとのことなの、って。

そしたらね、その子、目を閉じて、そうだよ、って言って、ぱって目をあけたんだ。願いをかなえてくれたら、ともだちにもなれるはずだよって。

ああそうなんだ、ぼくは、この子のともだちになるためには、してほしいことを、なんでもしてあげなくちゃいけなかったんだって思って、それで、なんだかすっきりしてきて、じゃあわかった、君の痛いのをはずしてあげるね、って声をかけてから、てんてきの針をはずすことにしたんだ。

針のまわりには、あちこちに針のさしたあとがあって、赤くなってたり、茶色くなってたり、黄色くなっていたりした。ぼくは両手をつかって、そうっと、針をはずしてあげた。針をはずしたところに少し、赤い血がにじんできて、わあ、って思った。なんか、よくわかんないけど、わああ、って。とんでもないことをしちゃったような感じに、わああって、気持ちになった。

大きな声を出したかったけど、わああっていうのは、こころの中におしこめた。この子のことを、びっくりさせちゃいけないって思ったから。そのときのぼく、顔がゆがんでたと思う。

ありがとう、これで楽になれるよ。ほんとうにありがとう。ぼく、ママのいない世界で生きるのがいやだったんだ。だからなにも食べなかったんだよ。でもこの針が、なかなか抜けてくれなくて、ママのところに行けなくて、つらかったんだ。君も今、つらかったかもしれないけど、君は、ぼくになるんだよ。ぼくがうれしいと思ったことをしたんだから、つらいとか、かなしいとか、思わないでね。自分のためにしたんだから。今のママに、よろしくね、新しい、ぼく。

そんなふうにぼくに言って、その子は、目を閉じたんだ。とっても、気持ちよさそうに。

つらいとか、かなしいとか、思っちゃいけないんだって言われても、なんだかかなしい気持ちはおきてきて、それにぼくは、なんてひとりぼっちなんだろうって感じて、なんか、ぽろって涙が出てきちゃったんだ。ぽろぽろって。

ぼくは、新しいぼくになんて、なれないよ。

そんなことを思ったのが最後で、次に気がついたときは朝でね、ママの顔が、目の前にあった。おはようって、ママは言った。ぼくは鏡がひかりをはんしゃするみたいに、おはようって、ママに言ったんだ。そしたらママは、ぼくのことをだきしめてくれた。

うれしかった。ああぼく、ひとりぼっちなんかじゃないんだ。すごくしあわせな「ぼく」なんだって。

新しいぼくになるのは、あんがいかんたんだったよ。

あ、朝起きたときに目の前にいたママっていうのは、今そこでベッドで寝てるママ。あの子の言ってたママは、その前のママで、あの子が見ている前でしんじゃったらしいんだ。それからなんにも食べなくなったんだって。よっぽど前のママのことが好きだったんだね。今のママのこともきらってたわけじゃないけど、どうしても前のママじゃないとダメだったみたい。

でも、ぼくは、だいじょうぶだよ。ぼくはそんなふうに、なったりしない。あのママのことは、もちろん大好きだけど、ぼくは、かなしんじゃいけないってことを、知っているから。

ぼく、あなたが新しいママになってくれるんなら、うれしいと思う。すごく。

新しいママになるのも、きっとかんたんだよ。思ってるより。

男の子の話をすっかり聞いてから、もういちど「ママ」に会おうと、天井から下がっている布を何枚もめくって、二人でベッドまで行った。しかし、ベッドはすでに空になっていた。そこには、新品のシーツや毛布がきちんとセットされていた。男の子は、瞼を伏せて、ほらね、と、小さな声で言った。

「新しいママのためのじゅんびが、もうできてる」

ベッドのシーツにてのひらでふれてみた。ひんやりとしていた。何日も前から、ベッドが使われていなかったみたいに。

男の子は、手を後ろ手に組んで、にっこりとほほえみながら、私を見上げている。

今日からこの子の母親になった。唐突に。しかし、ずっと以前からそうだったこととして、生きていきなさい、ということらしい。

この子だって、ほんとうはちがうところで生きてきたらしいのに。一体だれが、私たちに、こんな役目を割り振っているのだろう。

「だいじょうぶだよ」

男の子は、念を押すように言った。

「すぐになれるよ。あのママが、ぼくにいつもそう言ってた。そして、その通りになったんだもん」

男の子は、元気よくそう言うと、両手を広げた。黒い髪も、瞳も、肌も、すべてがつやつやと輝いていて、生命力に充ちあふれていた。

「そうね」

私は、男の子の脇の下に手を差し入れて、背中に手をまわし、抱きしめた。あたたかく、やわらかかった。甘くて、少しすっぱい匂いがした。なつかしい。私の記憶の底の感覚が、なつかしい、という言葉を浮き上がらせた。この感覚をいつかどこかで、感じたことがあるのだ、私は。

私は、戻ってきた。地上に戻ってきたのだ。市長と呼ばれるひとの、いつわりの息子の、いつわりの母になるために。

息子の名前はソル、母親の名はレミ、だと男の子は教えてくれた。私はレミという名前の人間になったのである。

「ママ、みてみて、テレビで、市長の、パパの演説がはじまるよ」

ソルが壁を指さした。白い壁に、男の顔が大きく映し出された。このひとが市長、つまりソルの父親ということになっているのか。ごつごつとしたつくりの顔立ちは、ソルとはまったく似ていない。ソルはにせの息子なのだから、似ていなくて当然なのだが。

薄い水色のシャツにくすんだ灰色のスーツをはおり、濃紺のネクタイを締めている。

「こうやってぼくたちは、このひとのこと、見ることができるんだよ。市長はね、ずっとふきげんそうな顔してるんだけど、ときどき、力がぬけたみたいな顔になるんだ。見てると、あきないよ。でも、話はつまらないから、声は消しちゃうね」

「え、声を、消しちゃうの?」

ソルは、私の言葉を無視して、リモコンを操作し、音声を消してしまった。どんな演説をするのか、聞いてみたかったが、ソルのすることを見守るしかないような気がして、なすままにした。

壁に映し出された市長は、真正面を向いて挨拶らしきものをしたあと、うつむいたまま、なにかを語りはじめた。下に読み上げるための原稿が置いてあるのだろう。ときどき顔を上げる。その表情からは、自分が語っていることに、心が入っていないことが感じられてしまう。表情だけだから、よけいに目立つのかもしれないけれど。

「市長は、テレビでなんの話をしているの?」

「ふつうのお話」

「ふつうの?」

「聞く前も、聞いたあとも、心がなんにもかわらない、そういうふつうのお話、なんだよ。だから、聞いても聞かなくても、一緒なんだ」

画面の中の市長が片手を上げた。肩が下がり、口元がゆるんだ。

「ほら、今、気がぬけたでしょ」

ソルが興奮気味に、指をさして言った。

「そうね、演説が終わって緊張が解けたってことかしら」

「ここで画面を止めておくね。おもしろいから」

壁に、気の抜けた市長の顔の映像がはりついた。笑っているようにも、泣いているようにも、見えた。

市長の息子がずっといなくてはいけないという理由で、かわりのひとが連れてこられることは、理解した。しかしそもそもなぜ市長の息子とその母親が、なんども入れかわらなければならない事態になってしまうのだろう。なんにんもの人間が、やってきては死んでしまっている、ということだ。

「ねえ、ソル。前の二人は、命が短かったみたいだけど、私たちはちゃんと長く生きられるのかな」

「そんなこと、気にしてるの。それは、だれにもわからないよ」

「それは、そうね」

「だめだよ、ママ。よけいなことを考えたりしちゃ。ぼくたちは、かなしいとか、つらいとか、思っちゃいけないんだよ」

# 6　小さなひとたち

わたしの身体の中には大きな洞があり、そこに水が落ちるのです。洞の底はみずうみで、そこに水が、ぽたりぽたりと水滴となって落ちるのです。水滴は、みずうみにふれたとき、音をたてるのです。つ……、つ……、つ……、つ……、と、かすかな音です。とてもかすかな音です。音とともに、みずうみが震えます。震えるのがわかります。水音と、みずうみの震え。それらは、いつしか音階となって、わたしの身体中に響きわたります。心地のよい音階です。わたしはその音階を、身体の外へと放ちたくなります。放たずにはいられなくなるのです。

放たれてください、音たちよ。

わたしはそう、強く願います。願い続けてきました。どれほどの時間を、わたしはそうして生きてきたのでしょうか。

しかしわたしが放つことができたのは、長い時間行き場を失ったまま濁りきったみずうみの、悲しいみじめな嘆きだけ。わたしが放った音は鈍く地を這い、どこからか現れてきたひとびとの、息を引くように笑う声が響くばかりです。笑い声の、きいんと高いトーンが耳に障ります。

みずうみ、みずうみ、わたしの洞の底のみずうみ。あのとうめいなみずうみよ。おまえはどこへ消えてしまったのか。おまえはまだ、わたしの洞の中でふたたびよみがえり、あのうつくしい音階を生み出す日々を、夢見ているのですか。

浮足だったひとびとが、思いつくかぎりの華やかな扮装をして歩きまわるのです。特にこれといった目的なんてありません。歩きまわること自体を楽しむのです。みな、見られるひとであり、見るひとなのです。なに、扮装にも、歩きまわる方法にも、規則なんてものはありません。ただ感じるままに、歩けばよいのです。ああそう、そうですね、一つだけ規則があるとしたら、それらすべてを受け入れて、楽しむことでしょう。

みんな勝手なことばかり言うから疲れるでしょうって？　とんでもありません。わたしは、立っているだけでいい大木ですよ。こんな楽なことはないですよ。

わたしの湖の底には太陽があって、わたしはときどき彼に会いにいくのです。わたしは腕を上げて、足を交差し、湖の表面につま先をつきたて、身体をねじりながら、下へ下へ、太陽へと降りていくのです。湖の底で太陽が、オレンジ色の光をともしています。わたしの気持ちはただただひとすじに、そこに吸い寄せられてゆくのです。身体がひたすらに太陽をめざします。

太陽のまわりには、吸い寄せられたひとびとが、すでにざわざわとうごめいています。みな思い思いの姿で、やわらかく太陽のまわりを歩きます。太陽の前はにぎやかでも、心の中は、太陽と自分の二人きりなのです。

ここではやってはいけないことが一つあります。あくびをすることです。だってそうでしょう、湖の底なんですもの、あくびなんかしたらたちまち湖がその大きな口をめがけて入りこんでしまいます。あくびをしてしまったら、もう終わりです。太陽のそばになんていられません。その身体は、どんどん上昇していくしかないのです。太陽に拒まれたひと、さようならと、その足の裏をながめながら、ぼんやりと思います。

小さなひとたちの言葉が、ノートに手書きの文字となって記されている。ノートは、全部で三十八冊ある。黄ばんだ表紙に、きちんとレタリングされた大きな数字が、1から順にふってある。どれも、右下の端が少し反っている。繰り返しめくられてきた証拠だ。

生涯をかけてこのノートを書き記したひとは、ここにはいない。永遠に戻ってくることはないだろう。僕はこれを書いたひとのことをトムと呼んでいた。先生、と呼ぼうとしたら、よしておくれ、トムとでも呼んでくれ、どこにでもいるトムだよ、と満面の笑みを浮かべて言った。本人がそう呼んでくれと言っているので、遠慮なく呼び捨てでトム、と呼んだ。そう呼んだとたん、まるで子どものころから彼のことを知っていたような、親しさと面映ゆさが胸に浮かび、少し驚いた。トム、と呼びかけるたびに、じわりとうれしくなった。

僕はトムが引退するときに、この三十八冊のノートと、小さなひと——ミトンさんをゆずり受けたのだった。

〈ミトンさんと最後まで一緒にいてやりたかった。それが私の責任だと思っていた。しかし、われわれ人間には、引退しなければならないときがやってくる〉

僕はトムから「引退」という言葉を聞いたとき、心臓がきゅっと縮まるのを感じた。胸が痛いというのは比喩ではなく、実感なのだと思い知った。

〈引退なんてしないでください。ずっと一緒にここにいて、このノートと、ミトンさんのことを見守っていてください。ミトンさんはトムなしでは……〉

一瞬言葉につまると、トムはすかさず言葉を続けた。

〈ミトンさんに君はふさわしい。私の「引退」はずっと昔から決まっていることなのだ。ミトンさんは、はかなく、繊細だ。少々扱いが難しい。しかし、きっと君になら心を許すにちがいないと思っているよ。なにしろ君は、私がいちばん大事なものを託したいと願った、たった一人の人間なのだから〉

トムは僕の手を取った。

〈やっかいなことを託されたと思っているかもしれないが、よろしく頼む〉

〈やっかいだなんて、そんなことはまったくありません。とても光栄です。でも、どうか引退な

んてことは……〉

〈誰かが「引退」を否定したら、世界の均衡がくずれてしまう〉

〈そんなことありません。僕は、ちがうんじゃないかと思ってるんです。誰かがそういうふうに考えるように、しむけているだけなんじゃないかって〉

〈そうですね、ほんとうはそんなことはないかもしれない。しかし今のところは、受け入れなくてはならない。いや、受け入れることに、自分で決めたのです〉

トムと交わした会話が、ノートをめくりながら、脳裏に現れては消える。だんだんいたたまれない気持ちになってきて、ノートを閉じた。それから、ノートの端をそろえて保管用の引き出しの中にそっとしまった。壁一面の銀色の引き出しに、ここで研究を続けてきたひとびとが集めた様々な資料が保管されている。

資料室を出て洗浄室に入り、身体に付着しているはずの雑菌を除去する。それからミトンさんの部屋の前に立ち、てのひらをパネルにかざす。ゆっくりと白い扉が開く。

そのまま部屋の中に入り、ミトンさんの眠るベッドをのぞきこんだ。ミトンさんのベッドは、全体が透明なガラスで覆われている。ガラスの中は、常に清潔な空気が循環していて、快適な温度と湿度が保たれているのである。眠っている間は、ことさら身体が無防備になるので、体調をくずさないように十全に配慮されたベッドなのだ。もちろん、トムが用意したものだ。

ミトンさんは、赤い服を着て身体を丸め、ベッドに深くしずみこんで目をかたく閉じていた。

鼻翼のかすかな動きから、息をしているのがわかる。横に伸ばした手の指は、なにかをつつみこんでいるように、やわらかく握られている。

〈ミトンさんは眠ることをなによりも楽しみにしているひとなのだから、決して無理に起こしてはいけないよ〉

はじめてこの部屋に入った僕に、トムは言った。そのときも、ミトンさんはこんなふうに眠っていた。同じものではないが、やはり赤い服を着ていた。

ミトンさんは、赤い色が好きなんだ、とくに身につけるものは、とトムが教えてくれた。

僕がのぞきこんでいることに気がついたのか、ミトンさんの肩がピクリと動いた。咳払いをしてぶるぶると震えた。震えが止まると瞼が開き、ミトンさんは、上半身をゆっくりと起こした。

「ミトンさん、おはようございます。おかげんはいかがですか」

ガラス越しに話しかけると、ミトンさんは顔を上げ、まぶしそうに眉間に皺を寄せて忙しくまばたきをした。

「まだ生きてたのか」

ミトンさんは、うつろな遠い目をしたままつぶやいた。ミトンさんの声は、つくりものの声かと感じるほど高い。五十センチメートルほどの身長の小さな身体の喉は、ずいぶんと細いのだろう。

「トムはどこだ」

黒目がちの瞳を僕に向けてきた。

「トムは、引退しました。もうここへやってくることはできません。これからは、トムのかわりに僕が……」

そう言っていると、ミトンさんの顔がみるみる悲しそうに変化していき、口の両端が極端に下がり、あごに皺が寄り、ぴいいいいいい、と大きな声で泣きはじめた。僕は、とつぜんのことに驚いて、あわててしまった。

「ミトンさん、落ち着いてください。トムの引退は、ずいぶん前に決まっていたことなのです」

「トムは、死んだのか」

「死んでなんていませんよ。引退しただけです」

「インタイとはなんだ。また、会えるのか」

「いいえ、引退した人間には、二度と会うことはできません」

「では、インタイした人間は、どこにいるのだ」

「引退したひとたちばかりが集まって暮らしているところです」

「じゃあ、オレもインタイするぞ。そこへ連れていけ」

「ミトンさんは、行けません」

「なぜだ。オレが小さいからか。ならば、殺せ。いっそ殺せ」

「ミトンさん、そんなこと言わないでください。僕は、トムからあなたのお世話をするように頼まれたのですから、どうか、僕を信頼してください」

ミトンさんは、フン、と鼻をならし、立ち上がった。

「ここから出せ。ベッドから出せ」

「はいはい」

「返事は一度でいい」

「はい、すみません」

ベッドを覆っていたガラスの蓋を開き、顔を赤くして腕を振り上げているミトンさんを、両手で持ち上げた。

「らんぼうだ、らんぼうだ、おまえの手はらんぼうだ、オレはみとめないぞ」

ミトンさんは、抱き下ろそうとする僕の手を拳でたたき続けた。渾身の力をこめているようで、なかなか痛い。ミトンさんを床に下ろした。

「おまえなど、おまえなど、だめだ。信じないぞ。トムを出せ」

「ですから、トムは」

「出せないんだな。やっぱりおまえが殺したんだな。なら、オレも殺せ」

ミトンさんは、すとんと腰を落とし、床にあぐらをかいた。瞬間、赤いスカートが空気を含んでふわりとふくらみ、すぐにしぼんだ。胸の前で腕を組んでいる。

ミトンさんは、「小さいひとたち」の、最後の一人だ。小さいひとたちは、小さな島で身を寄せ合うように、ひっそりと暮らしていた。身体が小さいので、わずかな食料でこと足りた。木の実や果物、そして海の魚介類などの自然の食べ物を分けあって食べれば充分だった。彼らは食べるために働く必要はなかったのだ。

夜になれば一つの寝床に何人も折り重なるように眠った。そのほかの時間は、軽やかに野山を駆け、海を泳ぎ、明るく歌い、踊り、一人ひとりが、自由だった。

小さな島が、世界のすべてだった。小さいひとたちはみな、世界のすみずみを知りつくしていると思っていた。

小さいひとたちは、毎日が祭のような日々を送っていたのだと、トムは言った。

〈長い長い人生の、たくさんの自由な時間を、彼らは彼らの文化の力で、存分に楽しんで過ごしていたんだ〉

トムの言葉を思い出しながら、ミトンさんの食事を用意する。ミトンさんの食事は、細かく刻んだ野菜と魚肉を煮込んだスープ。冷凍庫に一食分ずつ保存してあるものをあたためなおして、器に盛る。ミトンさんは、一度沸騰させたものを、人肌より少し熱い程度になるまでよくさましてからでないと口に運ばない。薄い粘膜は、やけどをしやすいのだ。

スープをさましている間に、新鮮なうちに冷凍しておいた果物を解凍する。スープがさめる時間と、果物がとけてちょうどよくなる時間はだいたい同じなので、トレーに並べて時が過ぎるのを待つ。

ミトンさんは、新鮮な果物が好物だ。ただし、この部屋には、衛生上の理由で生ものは持ち込めないので、あらかじめ冷凍させたものを運んでいる。素手で果物をつかむミトンさんが食べやすいように、冷凍する前に小さく切ってある。

ミトンさんの身体に合わせて作られた、小さなガラスのテーブルに、適温になった食事を載せたトレーを置くと、ミトンさんは、さっと小さな椅子に座った。まず果物を一つつまむ。今日は、りんごといちごだ。

「ふむ。ふむ、ふむ、ふむ」

ミトンさんは、その歯触りや味わいを、記憶から呼び出しているかのようにゆっくりとうなずきながら咀嚼する。一つ食べ終わると、また一つ、果物をつまんだ。こんどは、まっ赤ないちご。

「うむ。うむむむ、むむ」

気のせいか、いちごを食べたミトンさんは、身体がほんのり赤くなったように見える。ミトンさんの肌は白い。ずっと陽のささない無菌室に閉じこめられているからなのか、細くて青い血管が透けて見えている。いっしんに果物を口に運ぶミトンさんを見ているうちに、陽を浴びることのできる場所に連れていってあげたら、夏の子どものように健やかに成長していくことができるのではないか、とさえ思えてくる。

しかし、ミトンさんを外に連れ出すわけにはいかない。ミトンさんは、僕たちの世界の病原菌に対する抵抗力がない。ミトンさん以外の小さいひとたちは、彼らの島に入ってきた人間が持ち込んだ菌に感染して、次々に息絶えてしまったのだ。咳をはじめたと思ったら、数分後に死んでしまった、ということもしばしば起きたらしい。僕たちにはなんてことのない軽い風邪も、彼らが罹ると重篤な症状になった。彼らの死の原因が、自分たちのせいであることに気づくのが、あまりにも遅すぎた。

〈彼らは、最初は身体の大きいわれわれを警戒していたが、こちらがなんの危害も加えないということを理解すると、たいへん友好的に接してくれた。本当に申し訳ないことをしてしまった。生涯をかけてつぐなわなくてはいけない。そして、彼らの文化を次の時代へと伝えていくことが、われわれの使命だと思う〉

トムは、なんどもそう口にしていた。

果物をすべて食べたミトンさんは、匙を握り、スープをゆっくりと口に運んだ。果物を食べているときとは違い、眉間にかすかな皺が寄り、少し不機嫌そうな表情を浮かべている。半分ほど食べたところで、匙を置いた。

「もういい。下げろ」

言うなりミトンさんは、姿勢をくずして椅子から降り、床にあおむけになった。赤いスカートが広がり、ミトンさんは、床に落ちた赤い星のようになった。

「おなかいっぱいですか」

顔をのぞきこむと、目が合った。

「食べる気がしないだけだ」

ミトンさんは、目をそらした。

「おまえの名はなんという」

「ケニと言います。どうぞ仲良くしてください」

「オレはもう、誰とも仲良くなんてならないぞ。おまえらの仲間と仲良くしたら、みんな死んじまった」

「すみません。ひどいことになってしまって」

「ほんとうにひどいよ。どうしてくれる。いったいどうやってとりもどしてくれるんだい」

僕は、ミトンさんに答えるべき言葉が見つからなくて、押し黙った。

「ケニ」

「はい」

「オレは、いつまでここにいなくちゃいけない。もう島に帰りたい」

「島には、ミトンさんの身体を悪くする菌が繁殖してしまっていて、命の保証ができません」

「島の水が飲みたい」

「ええ、しかし……」

「山のどうくつの中に、水が湧き出ている。あれが飲みたい」

「え、今なんておっしゃいました？　山のどうくつ？」

「そうだ。どうくつだ。みなあの場所が好きだった。どうくつの水を飲めば、疲れることがなかった。うかれおどりながら、腹を満たすのに、ちょうどよかったのだ。水は、くめどもくめども、つきなかった」

ミトンさんの住んでいた島に、山のようなものがあることは聞いていたが、どうくつについては、初耳だった。調査隊がどこでなにをしたかは、毎日詳細に記録されていた。どうくつのような特別な場所があれば、記録されているはずだ。しかもその中で、小さいひとたちが水を飲んだり踊ったりしていたという。

きっと調査隊のうちの誰一人、足を踏み入れられなかったのだろう。どんなに親しくなっても、部外者には絶対に教えない聖地のような場所だったのだろうか。

もしかしたら、どうくつの中に、小さいひとが生き残っているかもしれない。

「今すぐに、あのおいしい水が飲みたい」

ミトンさんは、すねたような口ぶりでつぶやいた。

「水は、おいしいのですね」

「そうだ。甘いのだ」

「甘い？　では、果物のジュースのような感じですか」

「果物に、にてもいる。でも、果物ではない。あれさえあればほかにはなにもなくても、きもちよくすごせるのだ」

「調査の記録には、その水についての記載はなかったようなのですが」

「調査、調査。なんのために調べた。なんのために来た。だれもおまえらに会いたかったわけじゃない。おまえらにとっては、オレはめずらしい生き物なんだろうが、オレはオレでしかない。島にもどして、見捨てればよい」

「そんなことはできません。それに、僕には、あの島に行くことはできません」

小さいひとたちを絶滅の危機に追いやったことを悔いたトムたちは、あの島への海図を遺棄してしまった。そこは海流が入り組み、やみくもに船出しても海図なしではたどりつける場所ではないのだ。

しかし、ただ一人生きのびているミトンさんは、免疫力が強くて、外に連れ出しても、もしかすると大丈夫なのかもしれない。

ミトンさんを、島に帰す。今まで思いもよらなかったことにとらわれはじめて、戸惑った。ミトンさんが、島に帰りたいと言ったという記録は、今まで読んだことがない。トムには言わなかったのだろうか。トムならば、島に行くこともできたというのに。

ミトンさんは、あおむけに寝ころがったまま、いつの間にか、すうすうと寝息をたてていた。ミトンさんは、眠たくなったらどこでもその場で寝てしまう。

〈ミトンさんを起こさないようにベッドに運ぶには、ミトンさんの指先にふれないようにすること。指先は敏感だからね〉

トムのアドバイスを思い出しながら、ミトンさんの背中に手をまわしてゆっくりと抱え上げ、ベッドの中にそっと置いた。

「りんごといちご、各50グラム。魚と野菜のスープ、80グラム」

備え付けの経過報告ノートに、今朝食べた食物を書き入れた。

ミトンさんは、ベッドの中で、すやすやと眠っている。ミトンさんの言う「島のどうくつ」は、あたたかかったのだろうか。夢の中でなら、そこにたどりつくことができるのだろうか。

と、ミトンさんが、うっすらと目を開けた。

「トム。感謝なんてしない」

身体を横にしたまま、声を出した。ミトンさんは、ねぼけているのだろう。寝言に答えてはいけないような気がして、返答はせずにいた。

「そばにいるのがあたりまえだとおもっていた。信じてた」

ミトンさんは、あおむけになって、ぱっちりと目を開けた。

「ミトンさん、起きていたんですか」

ミトンさんはうなずくと、身体を起こして両手を差し出すように上げた。

「ベッドからまた出ますか？」

こっくりとうなずいたのでベッドからミトンさんを抱き上げると、そのまま僕の身体にしがみついてきた。僕の腕を両手で強く摑んでいる。少し震えていた。僕はミトンさんの身体をあたためるようにそっと抱いた。

「ミトンさん、僕もトムと同じように、いいえ、それ以上に、あなたのためになんでもします。信じてください」

「そうか。なら、島にオレを連れていけ」

「ですから、それだけは、できません」

「連れていけよ。外に出せ」

「外は、危険ですよ」

「オレが行けと言ったら、行くのだ。なんでもするのだ」

頭を激しくふって、僕の胸にうちつけてきた。腕を摑んでいる手にも力が入り、爪が腕に食い込んでくる。痛かったけれど、それでミトンさんの気がすむのならと思い、されるがままにした。

頭をふり続けるミトンさんの目は、赤かった。

# 7　カガミの記憶

母は、「十五番目の水」と呼ばれていたそうです。部屋に「十五番目の水」という名前がついていたので、そう呼ばれたのだそうです。つまり、その部屋を使っていたひとはみなそう呼ばれていたということで、母と同じ名前のひとは、他に何人もいるようなのです。自分のたった一人の、真の母親を特定することは、ものすごく難しいとわかっています。ですからせめて、「十五番目の水」と名乗ったことのあるひとに一人でもいいので、会ってみたいのです。「十五番目の水」は、とてもとても高い場所に住んでいるという噂を聞きました。空の上の生活がどういうふうだったか、直接訊いてみたいのです。

「十五番目の水」の話を最初にしてくれたのは、義理の父です。二歳まで砂の街の集団養育所で育てられていたらしいのですが、父が養子縁組の手続きをとって、ひきとってくれたのです。父は、磨き屋をしていました。なんでも磨くのです。ガラスや、壁や、床、水道の蛇口、人の顔だって磨くことがあります。どんなものでもピカピカにしてしまう、すばらしい腕を持っていました。特別な道具は使いません。どこにでもあるようなやわらかい布と自分の腕だけで磨き上げていました。どんな場所でも、どんなものでも、それはそれはきれいに。

父が磨き上げたビルの窓は、夜になると夜空を映して鏡のように光りかがやくので、カガミ、と呼ばれていました。ずっとほんとうの名前だと思っていたのですが、渾名だと知ったのは、わりあい最近のことです。

家の中はもちろんいつでも、すみずみまできらきらとしていました。数えるほどの皿やコップしかありませんでしたが、毎晩一つ一つ丁寧に磨くので、それが棚にあるだけで、宝石を飾っているようでした。とてもぜいたくな気分になれたのです。

毎日身につけるものも、糊とアイロンでぱりっと仕上げるので、いつも新品同様でした。最後の仕上げに必ずミントオイルを一滴ふくませた水を霧吹きで吹きかけるので、どの服からもさわやかな香りがしていました。それを着て街に出かけると、ほこらしい気持ちになったものです。

そんな生活がとても気に入っていました。ずっと失いたくなかったのです。しかし、養育期間の期限がせまっていました。十八歳を過ぎると、養育期間が終わり、父への養育費の補助が打ち切られます。実のところ、最初はこの養育費が欲しくて、養子を迎えたようなものだったそうです。養子を迎えた家は、ときどき査察が入り、生活を厳しくチェックされます。だから、家の中をいつも以上にきれいに磨き上げたらしいです。そのうちにそれが快感になって、査察など当面来ないとわかっていても、家を磨く習慣はやめなかったのです。父は、磨くことがしんそこ好きだったのだと思います。

話がそれましたが、つまり養子は十八歳の誕生日を迎えると、養父母から独立して、一人で生きていかなくてはいけないのです。もちろん、双方合意の上であれば、そのままずっと一緒に暮らしてもかまいません。その相談を父からされたときに、母親が「十五番目の水」であることを教えられたのです。父が、養子の出生データとして知りえた知識です。知っていることは、すべて話してくれたと思います。父は、素朴で正直な人間でしたから。

どうするかはおまえの自由だが、できれば、十八歳を過ぎてもこの家に残ってほしい、と父は言いました。そうしてもいいと自分も思いましたが、自立しなくてはいけないような気も強くしていました。誰かが磨き上げた場所ではなく、自分一人の力で磨いた場所をつくりたいと考えたのです。

そう伝えると、そうか、それはすばらしい考えだ、と頭をやさしくなでてくれました。そのてのひらは、ひんやりとしていて、父のさびしさが伝わってくるようでした。

父は、長いあいだ、たった一人で生き抜いてきたひとでした。共同生活所を十二歳のときに抜け出し、靴磨きからはじめて、そのうちになんでも磨く技術を独自に身につけていったのだそうです。

共同生活所というのは、いくつかの家族が一つの建物を共有して暮らしている場所だそうです。子どもたちは、みなきょうだいのように扱われ、寝起きをともにしながら、一緒に育つのだそうです。面倒をみてくれる大人の、誰が自分の親なのか、よくわからなかったそうです。そんなことはどうでもいいものとして暮らしていたと、言っていました。

そこを、十二歳で抜け出してしまったのは、いつも追いかけられていたからだそうです。なにかを食べようとすると、誰かが追いかけてくる。つかまったら、食べ物をうばわれてしまう。なにか新しい物を手に入れると、誰かがめざとく見つけて追いかけてくる。それがこわくてしかたがなかったのだ、と。

そして、いつの間にか自分も追いかける側の人間になっていることがあって、このままでは、自分はダメになってしまう、と考えました。夜中に、荷物をつめこんだかばんを一つ抱えて、共同生活所をそっと出たのです。

父の生き方のすべてを肯定するつもりはありませんが、立派だと思います。苦労はたえなかったと思いますが、いつもやさしい笑顔を浮かべていました。口数は少なく、たくさんの言葉をもらったわけではありませんが、無言のうちにも、大切なことを教えられた気がします。この砂の街で生きてゆくには、父のようなひとに生き方を教わることが、なによりも必要だったと感じます。

でも、それでも、自分の中にもう一つ、心の力が欲しい気がするのです。自分の出生に関わることについて、もっと知りたいのです。知ってどうなる、と思われるかもしれませんが、知っているいると知らないとでは、ずいぶん違うのですから。空気から生まれたわけではないのですから。

【調査報告】1

「十五番目の水」と呼ばれる人物について語る前に、あなたの養父、カガミについてご報告しなければいけないことがあります。

カガミと呼ばれていた人物は、あなたの正式な養父ではなかったことがわかりました。率直に申しますと、あなたを不当に連れ去って育てていたのです。

あなたは、カガミの他に、正式に養子になった家があったのです。ほんの数ヶ月のことなので、忘れてしまったかもしれませんが、集団養育所を出たのちは、そこで生活をしていました。共同住宅の最上階の広いフロアです。子どものいない夫婦にひきとられました。夫婦はともに仕事を持っていたため、あなたはその広いフロアで、一人きりで過ごすことが多かったようです。

カガミは、磨き屋の仕事をするためにそのフロアを訪ね、たった一人でいるあなたを見かけました。広いフロアなので、一日では終わらず、カガミは何日か通っていたようですが、必ずあなたは一人きりでいたようです。

それを不憫に思ったのか、毎日通ううちにあなたに情がうつったのか、カガミがそのときなにを思ったのかは、想像するしかありません。カガミは、仕事をすべて完璧にこなしました。床は、スカートの中が映ってしまうのではないかと心配になるほどピカピカでしたし、窓ガラスは、全くの透明で、ガラスがはまっているのかいないのか、まるでわからず、こわいほどだったそうです。

もちろん、家具調度類はすべてつくりたてのもののように、光りかがやいていました。百足の靴はもちろん、クローゼットの中の鞄の把手にいたるまで、すべてのものが、つやめいていたそうです。

そして、あなたが部屋から消えました。あなたの、養子縁組みに関する書類とともに。

カガミは、あなたを自分の部屋に連れ帰り、すぐに新しい書類を作成しました。以前の養父母から、さらに養子縁組みを引き継ぐための書類です。

カガミの作った書類は、翌日役所に提出され、無事に受理されました。やり方は不正ですが、書類上は正式に、あなたの養父となったのです。養子養育費の公的な補助金も支払われるようになりました。おそらくいちばんの目的は、あなた自身もそうおっしゃっておられましたが、この補助金ではないかと思われます。あなたに関する書類に目を通すうちに、その事実を知ったのでしょう。

いちばん不思議なのが、もともと養父母だった夫婦が、あなたを取り戻そうとしなかったことです。彼らは、突然あなたが消えてしまったので、役所に問い合わせ、すでにカガミのところに親権がわたったことを知ります。もちろんこのときに、不正が行われたことを言い立てて、あなたを取り戻すことはできたはずです。でも、しなかった。カガミのしたことを容認したのです。

いつも一人でいるあなたを、数日通っただけのカガミが目撃したくらいですから、あなたのことを、ずっと放っておいたことは、間違いないでしょう。きまぐれに養子を迎えてみたものの、持て余してしまった、ということが考えられます。他のひとが面倒を見てくれるなら、好都合とさえ思ったのかもしれません。以後、この夫婦は、養子を取っていません。

さて、カガミの養子手続きの件ですが、原則として一人暮らしの人間は、養子を迎えることはできません。夫婦でなくとも、一緒に寝食をともにする家族がいなくてはならないのです。

そこでカガミは、同居人を作りました。同じビルの一階に住む、一人暮らしの老女を、自分の部屋に住んでいることにして、書類を提出したのです。あなたもときどき訪ねていったことがあるようですので、ご存知でしょう、ピザという名前のおばあさん。あのひとが、書類上では、あなたが十八歳になるまで、ずっと養母であったわけです。

我々は、ピザに事情を伝えました。すると、その事実を今まで全く知らなかったようで、驚いていました。カガミは、無償でピザの部屋を磨き、ピザは得意料理をふるまう、というような間柄で、ずいぶん親しかったようですが、無断で名前を使われたことに関しては、ショックを受けていました。

ただ、あなたに対しては、好意しか持っていませんから、養母の立場でいられたことは光栄だと述べています。こちらが「十五番目の水」を探していることを伝えると、そのひとならば知っている、かつて一つの部屋を分け合って暮らしていたことがある、と言いました。

今回の我々の調査報告はここまでです。

「十五番目の水」について、ピザに聞きたいのでしたら、お知り合いでもあることですし、直接話をされてみるとよいのではないかと思いましたので、それ以上の質問は控えました。

【調査報告】1　↓返信

たとえ不当に連れてきたことが真実だったとしても、義理の父のことを、悪く思うつもりはありません。誠心誠意、よくしてくれたと感じていますので。むしろ、その放ったらかしの夫婦のもとから、救い出してくれたのだとさえ思えます。

それにしても、「十五番目の水」について知っているひとが、こんなに身近にいたとは、思いもよらないことでした。とてもなつかしいです。といっても、「ピザ」という名前は知らないままでした。一階の、親切なおばあちゃんとだけ思っていました。ときどきおじゃましては、とても親切にしていただいたことを、いろいろ思い出しました。あのひとの部屋には、いつも不思議な、けれども、とても心地よい匂いが、ただよっていたことなども。

今すぐ飛んで帰ります、と言いたいところですが、現在とある場所で住み込みで働いているので、すぐには出かけられない状態です。話を訊ける範囲で訊いておいていただければ幸いです。

【調査報告】2

ピザに、さらに話を訊こうと再訪しましたところ、暗い顔で、そんな話はした覚えがない、と返されてしまいました。

推測ではありますが、ピザが「十五番目の水」だと思っている人物に連絡を取ったところ、かたく口止めをされたのではないかと思われます。

又、カガミの身辺を調査していたことを、ピザからカガミ本人に話した様子で、カガミさんがお怒りですよ、と伝えてきました。あなたからの依頼であることは、こちらも伝えていませんが、ピザの情報だけでは、役所から調査が入ったのだと、カガミに勘違いされてしまうでしょう。

調べたところ、果たしてカガミは部屋から姿を消してしまいました。ピザには、カガミにも、「十五番目の水」にも、アクションを起こすようなことはしないようかたくお願いしておいたのですが、こちらの配慮が充分ではなかったようで、このような結果を招いてしまい、ほんとうに申し訳なく思っております。

不手際がありましたことで、この度の調査の打ち切りを命じられてもかまいません。これまでの費用についての請求もいたしません。

もちろん、お望みでありましたら、カガミの行方、及び「十五番目の水」についての調査は続行いたします。

よろしくご検討いただきたいと存じます。

【調査報告】2　↓返信

前回の調査報告を目にし、驚いて仕事を急きょ休み、父の家に行ってみました。父の部屋には、鍵がかかっていました。ドアノブがくすんでいたので、父が長いこと帰ってきていないのだということがすぐにわかりました。たいへん辛かったです。

また、一階のおばあちゃんのピザさんの家にも寄ってみましたが、誰もおらず、荷物もなくなっていました。近所のひとに訊いたところ、遠い親戚のひとと暮らすことになって、引き払ったのだそうです。

父が家にいないことは、近所のひとも気づいていませんでした。大家さんに鍵を借りて中に入ってみると、荷物はそのままになっていて、食料品まで残っている状態でした。普通に仕事に出かけていって、まだ帰ってこない、という雰囲気でした。しかし、見慣れた部屋のはずなのに、まったく別の場所、あるいは、何十年も経ってしまったあとのように思えてなりませんでした。

なに一つ、かがやいてはいなかったのですから。

あんなひどい部屋は、父の部屋とは言えません。

あなたがたに調査を頼んだためにこんなことになってしまうなんて、くやしくてしかたがありません。

なんとしても、父を探し出し、誤解をとき、父のおそれを緩和してあげて、これまでの感謝の念をささげたいと思います。そして、父が願っていた通り、一緒に暮らし、父とともに、仕事も生活もして生きていきたいと、強く思いました。

父を探し出さなくてはなりません。その手伝いをしていただきたいと思います。できればピザさんと「十五番目の水」についても。

もし、父を探し出していただけたなら、調査費用は負担いたします。しかし、探し出せないのでしたら、これまでの分も含めて、費用請求はしないという条件でお願いしたいと思います。

【調査報告】3

カガミ、及びピザ、及び「十五番目の水」なる人物につきましてのこれ以上の調査は、勝手ながら不可能と判断させていただきました。重ねてお詫び申し上げます。

# 8　ソルとレミ、市長と語る

「ねえ、ソル、この格好でおかしくない？」

私は、以前のソルの母親がクローゼットに残した衣服を組み合わせて身にまとい、確認してもらうように、ソルの前に出た。白い衿つきの濃紺のワンピースと、ベージュのニットのジャケットは、まるで最初から自分にあつらえたのかと思うほど、身体にしっくりとなじんだ。

「ママ、とてもいいよ。よく似合ってる」

「ソルも、すてきよ」

ソルが、うれしそうに目を上げた。ダークグリーンのチェックのスーツの間から、まっ白なシャツが見えている。ズボンは膝まで。靴下は白。スーツの色に合わせたダークグリーンのラインが一本入っている。首に締めた、ワインレッドの蝶ネクタイがアクセントになって、かわいらしい。きちんとした家の子どもであることが伝わってくる服装だ。ソルは自分でこの服を選び出した。

私たちは急に、市長とともにレストランで食事をすることになったため、フォーマルな服を選んだのだ。

「市長は、ぼくたちを引き取るかどうかの判断を、レストランでしようと思ってるんじゃないかな」

「引き取る？」

「うん。正式に、表の家族になるってことだよ」

「表の家族？　市長の今の家族と入れ替わるってこと？」

「そう。このあいだ、三十六時間連続勤務の形態を変更する意志をテレビで言ってたでしょ。ちゃんと家庭に毎日帰るひとになろうとしているみたいなんだよ。その帰る家庭を、どちらかに絞ろうと考えているみたい」

「絞るって、もし、私たちが選ばれなかったら？」

「そしたら、必要がなくなっちゃうね」

ソルは、上目遣いでかすかに笑みを浮かべながら、眉を不安げに下げた。

「そのときは、あきらめるよ。しかたがない」

しかたがない、の意味を考えると、ぞっとした。

「ママ、今日はとにかく、ニコニコしていようね。ニコニコしていたら、たいていのことは、うまくいくよ」

「そうね」

ソルの手を握り、歩幅を大きく取って、歩きはじめた。

はじめて直接対面した市長は、テレビで見るよりも、肌に張りがあり、生き生きとしていた。想像していたよりは小柄で、ハイヒールを履いた私と背がそれほど変わらなかった。グレーのスーツに青いシャツ。銀色のネクタイを締めている。

「プライベートな食事会なのでね、君はもう帰ってくれたまえ」

我々の姿を確認すると、後ろを向いて、秘書と思われる女性にそう言った。

「ごゆっくり、お楽しみください」

女性が深く頭を下げたので、きっちりと分け目の入った頭頂部が見えた。白いものが数本光った。比べて、市長の髪は隙間なく黒く、ふさふさとしている。

「まあ、ゆっくりしてください」

「はい、ありがとうございます」

市長に促されて入った個室の椅子に、私たちは向かい合って座った。

「ソル、久しぶりだな。元気にしていたか」

テリーヌを小さく切り分けて口に運びながら、市長が尋ねる。

「もちろん。とても元気にしてたよ」

ソルの声は、このうえなく明るい。

「なかなか、会ってあげられなくて、悪かったな。仕事が忙しくて、電話をする暇さえなかったのだよ」

何度も言い慣れた言葉のように、よどみがない。

「ううん、ママとずっと一緒にいられて、毎日楽しいよ」

「そうか。君も、元気にしていたか、レミ」

名前を呼ばれてはっとした。ソルから名前を聞いてはいたものの、まだ全くなじめないでいた。胸が高鳴る。

「ええ、ソルと一緒にいると、元気でいられます。そばにいて、飽きません」

「そうか。ソルは、いい子にしているか」

「ええ、とっても」

フォークを持つ手が震える。いけない、と思うほど、震えてきて、手が止まってしまう。

「どうしました、レミ。あまり、おいしくないですか」

「とんでもありません。たいへんおいしいです。もったいないほどですので、ゆっくりいただいております」

「そうですか」

ふいに沈黙が広がる。ソルがすかさず口を開いた。

「ぼくね、人間は、もっともっと小さくなればいいと思うんだ」

「おや、おもしろいことを言うね」

「小さくなれば、まずごはんが少なくてすむでしょ。おうちも洋服も、小さくてすむし、おんなじ乗り物でも、たくさんのひとが乗れるようになるよね」

「うむ。宇宙船には、とくに有効だな」

「そうだよね。どんどんちっちゃくなっていいんじゃないかなって思うんだ」

「どのくらいまで、小さくなればいいと思うの？」

「うーんとね、このくらい」

ソルは、三十センチくらいの高さを示している。

「それじゃあ、小さすぎるな。もし今のままの知能を保つとしたら、頭が重すぎてしまう」

市長は真剣な目で言った。

「その倍は必要だな」

確信に充ちた市長の口調につられるように、私は質問した。

「そんな計画が、ほんとうにあるんですか」

「人間、考えることはみなよく似ている。同じようなことを考えて、計画書まで出してきた者もいた。あるいは、小さい人間を発見したと報告してきた者も」

「それでそのあと、どうなったの？」

ソルが無邪気な声で市長に尋ねた。

「ぜんぶ、〝いずれ検討します〟の箱に入ったままだ」

「いつ検討されるの？」

「わからん。いずれは、いずれだ。必要となれば、すぐにでも」

「今は、必要ってことでもないんだ」

窓の外を見ながら、ソルがぽつりと言った。

「そういうことだ。……こんな話をするのも、悪くないな。ソル、おまえには、これからの世界について、いろいろと考えておいてもらわなくちゃならないからな」

「うん」

ソルが返事をしたとき、市長が私に視線を投げかけてきた。

「君はどう思うかね」

「はい？」

「人類は、小さくなったほうがよいと思うかね」

「小さく。そうですね、たしかに、地球のためには、少し小さくなってもよいかもしれませんね」

「私は反対だよ」

「そうなのですか」

「人類はもっと大型化して、個体数を減らしていくよう考えたほうが合理的だ。心臓を大きくして、機械の原動力に頼らなくても働ける人間を増やす。石油が底をついたとしても、人間の生身の力が役に立つようにしておけばいいのだ」

「そういうことでしたら、私は、宇宙船に乗り込むのにふさわしい小型化人間と、資源がつきたときのための大型人間との両方が共存する、というのもいいのではないかと思ってしまうのですが」

「ふむ。さすがだな。中庸の意見展開だ」

語気が強かったので、機嫌を損ねたのかとビクッとしたが、市長は、満面の笑みを私に向けた。

「おもしろいね、君は。レミ」

「いえ、つまらない話をしてしまいまして」

「そんなことはない」

市長はうつむいて、赤黒い鴨肉を口に運んだ。

「ところでソル、鳥は好きか」

「とり肉のこと?」

「いや、空を飛ぶ鳥だ」

「うん、すてきだと思うよ。自由でいいなって」

「では、こんど、鳥を見にいこう。白い羽と紅色の脚の、すてきな鳥を」

ソルが、大きな瞳を見開いてかがやかせた。

「きっと、連れていってね」

次の日の朝、「市長からの使いの者」が現れた。市長とともに暮らす新しい家に送り届けますと述べ、ぼうぜんとしたままの私とソルを車に乗せた。

「荷物は追って送り届けますから、ご安心ください」

運転席から振り返った男の顔に、一瞬見覚えがあるような気がしたが、そののちは、ずっと前を向いたままなので、再確認することはできなかった。

おそらくこの男は、私の過去とはなんの関係もないのだろう。不安な気持ちが、過去と現在の記憶をむすびつけようと無理をしている気がする。ソルの手を握る指に思わず力が入る。ソルは、私の顔を見上げた。

「よかったね、ママ。ぼくたちちゃんと選ばれたんだ」

「ええ」

「ぼく、うまくやるよ。このまま、ママのそばで大人になりたいんだ」

ソルが私の手を強く握り返してきた。

「大丈夫。ずっと一緒よ」

私たちは、親子だ。誰かの力が働いてこうなったとしても。この関係をつらぬくためなら、なんでもできるような気がしていた。

# 9　十五番目の水

〈部屋の中は、常に清潔を保ってください。そして、自分が心地よいと思う香りで充たしておくとよいでしょう。この部屋が快適だと、あなた自身が感じることが、なにより肝要なのです〉

部屋を使うときに、ここにわたしを導いたひとからそのように指示されました。わたしは、棚の中の、たくさんの種類の香油の中から、睡蓮の香りを選び出しました。ミリアム・ヘッド・ラヒンの好きだった薔薇の香りにもずいぶん惹かれましたが、その香りは、彼女の死にいたる時間の記憶とも強く結びついていましたから、薔薇の香りは、なつかしいものであると同時に、やるせない気持ちを呼び起こすものでもあったのです。胸が、しめつけられるほどに。薔薇の香りを、自分のために使うことはないでしょう。

睡蓮の香りは新鮮ですがすがしく、まだ歩いたことのない地上の世界を、わたしに体感させてくれるような気がしました。

濃紺の小さな瓶に入った睡蓮の香油を、きれいな水を張った陶器のボウルに垂らし、下からろうそくであたためました。「十五番目の水」の部屋には、外に開かれている窓がありませんでしたから、一日の区切りを、太陽の光で察知することはできません。ろうそくは、連続で使い続けると一本だいたい四時間でなくなりますから、一日二本、つまり八時間ろうそくをともし、活動する時間に設定しました。ろうそくの火をともしていると、訪ねてくるひとがいます。ドアの飾り窓に光が透けるようになっていましたから、わたしが活動中であることを、察知してもらえたのです。

たずねびとは、どんなひとであっても——自分がどんな感覚にみまわれたとしても、必ず受け入れなければなりません。わたしの意思でこばむことなど、できないのです。「十五番目の水」の部屋でたずねびとを受け入れることが、わたしの人生のすべてだったのですから。

最初のたずねびとのことは、よく覚えています。ひょろりと背の高いひとで、青くくぼんだ目を見開いて、チカチカと動かしました。ドアの前で、ぶらんと長い腕を下げて立ったまま動こうとしないので、どうぞ、とこちらから声をかけ、中に入るようにうながしました。そのひとは、黒い睫毛のびっしりと生えた瞼を忙しく動かしながら、この部屋の中に、探るように入ってきました。そうしておずおずと部屋の隅に腰を降ろすと、しばらく無言のままうつむいていましたが、ふいに顔を上げて口を開きました。

「なんだか、おもしろい、匂いが、していますね」

話をはじめるきっかけを、探していたのでしょう。言葉を発することができて少しほっとしたのか、頬がゆるみ、かすかな笑顔が見えました。ちらりとのぞいた歯の先が、きらりと光りました。

「オレ、宝物、口の中に入れてるんですよ」

顎を上げ、口を横にぐっとひきのばしてから、前歯をつきだして見せました。片方の犬歯の真ん中に、なにやら光るものが埋め込まれていました。

「こり、だひやもんど。にせもんひゃ、ないひょ、ほ、もの、ほ、もの」

口を横に広げたまま話すので聞き取りにくかったのですが、犬歯に本物のダイヤモンドを埋め込んでいるということを伝えたかったようでした。

そんなものを歯に入れてちゃ、食事がしにくいでしょう、と訊くと、オレ、歯、つかわないから、オレ、水しか飲まないから、と言うのです。だからこのひとはこんなに痩せているのか、と得心がいったような気がしましたが、すぐに水だけでは、生きていけないだろうと思い、切り返しました。

「いや、ほんと、だいじょうぶなんですよ、特殊な、甘い水だから、食べ物は、ぜんっぜん食べなくっても、平気でいられるんです」

そのひとは、満足気にそう言いました。水以外なにも身体に入れなくなってから、何年にもなるそうです。

わたしは、そのひとの腕を取り、袖をまくし上げてみました。かわいそうなほど痩せていて、筋張っていましたが、血の巡りはよさそうで、骨にぴたりとはりついている皮膚は、ほんのりと赤みがかっていました。

「もっと太ることだってできるんですよ。でも、このくらいが、調子いいんです」

わたしが肘が出ているところを指でたどっていると、言い訳のように言いました。そして、わたしの袖を、お返しのようにまくし上げたのでした。

「あなただってずいぶんとほそい腕ではないですか」

自分の身体がどのようにひとに見られるのか、それまで気にしたことなどなかったので、そんなふうに言われて、驚きました。そのひとは、わたしの腕にふれた手をそのまますべらせてくびすじをなで、髪に指を差し入れました。わたしは、そのひとのすることを、じっと動かず、声も出さず、受け入れました。

「それにしても、おもしろい匂いがする。気持ちのぜんぶが身体から抜け出してさ、水になって、流れ出していきそうな」

「睡蓮の香りです」

「睡蓮ですかあ。写真でしかみたことないけど、咲いているところ見たら、キレイなんだろうなあ」

「私は、どんな花なのかさえ、知らないんです」

「そうですかあ……。それは、いけないなあ。あれはかわってるけど、キレイですよ。なんとか、して、今すぐ、一緒に探しにいけたらいいですねえ」

「こころあたりが、あるのですか？」

「はは、あるわけないじゃないですか」

大きな口を開けて笑ったので、犬歯が光りました。

「一つ、訊いていいですか？」

「なんでしょう。一つでも二つでも、なんでも訊いてください」

「そのダイヤモンドは、なにかに使おうと思っておられるのですか」

そのひとの眉がふっと上がり、少しあきれたような表情を見せました。

「もちろんですよ。指輪をつくるんですよ。とびきり上等の、とびきりピカピカの、とびきり美しい指輪を」

「指輪……」

「もちろん、自分ではめるためじゃ、ありません。ええ、あの、贈り物にするのです。その、ね、愛を、告げる、ための……」

少し照れたようにうつむいたままにんまりと笑うと、犬歯のダイヤモンドがまた光りました。このひとが、これを歯から取りはずして指輪をつくることは、生涯ない。わたしは瞬間的に、なぜだかそう強く確信したのでした。

いつかあのひとの身体が朽ち果ててしまったとしても、あのダイヤモンドは、傷一つなく、きれいなまま残るのでしょう。液体がしみ込んだように、ひとの形に黒くなった土の上に、ぽつんと残った小さな透明な石が光を強く反射して、ここに彼がいたことを、訴えている。愛を告げるために、ずっと口の中で彼と行動をともにしてきた石が。彼が部屋から去ったあと、そんな情景を思い浮かべたのでした。

犬歯が光っていた、ということが脳裏に焼き付いて離れず、その後この部屋を訪れるひとの犬歯が見えるたびに、思い出していました。だから今でもこうして、そのひとのことをよく覚えているのです。

それから様々なひとが、この部屋を訪ねてきましたが、他には誰一人犬歯にダイヤモンドを埋め込んでは、いませんでした。

「睡蓮の香りですね」

こちらがなにも言わないのに、香りを言い当てたひとがいました。香りを調合する仕事をしているのだと言っていました。

「私は目が悪いので、あなたがどんな姿をしているのか、よくわからないのです。特にこんな、うす暗いところでは、なにも見えません。しかし、他の感覚は、そのぶん敏感です。この鼻腔で、指先で、あなたをぞんぶんに感じることが、できます」

そのひとは、わたしが身につけていた衣服をするすると取り去ると、ゆっくりと皮膚に指を這わせ、鼻を近づけてきました。

「あなたは花だ。全身にくまなく香りがしみこんでいる。あなたはそれを放つ。私は、感じます。わかります。あなたのすべてが」

ほんとうに、わたしのことをすべて見抜かれてしまうようで、ひどく恥ずかしく、そして恐ろしくもありました。にもかかわらず、わたしは、そのひとにされるがままでいたいと思わずにはいられませんでした。じっと目を閉じていると、そのひとの、触覚と嗅覚とでかたちづくられた世界の中へ、自分もまるごと入っていくように感じたのです。身体の内側にある、もう一つの世界に、一緒に入っていける。そう思えたのです。わたしからそのひとが受け取った感覚を、ふたたび受け取り、わたし自身の感覚は揺さぶられ続けました。意識は、とろとろと闇にとけだし、そのまま深い眠りへと落ちていきました。

目が覚めたとき、そのひとはいなくなっていました。わたしが身につけていた衣服は、すべて身体の上にふわりと重ねてありました。そのひとが衣服の間からあらわれるのではないかと、布を次々にめくってみましたが、誰もいませんでした。そして、驚いたことに、わたしのものばかりではなく、そのひとが着用していた衣服までもがそこにあったのです。

「十五番目の水」の部屋は、まったく衣服をまとわなくても、寒くも暑くもなく、ちょうどよい温度に、常に保たれていました。それで服を着て帰るのを、うっかり忘れてしまったのでしょうか。まさかそんなことはあるまいと思いながら、そのひとが残していった服を身につけてみることにしました。

それはしなやかに伸び縮みする素材で、首を通す穴が開いていました。そこからすっぽりとかぶり、頭を出しました。よく着こんでいたらしく、しんなりとやわらかな生地は、それはそれはここちよく、肌になじみました。それに、身につけたそばから、えもいわれぬよい香りが漂ってきました。なんとも、なつかしい感じがしました。なつかしいと感じるゆえん――どこかでそれを嗅いだことがある、といった――は、具体的に思い出すことはできませんでしたが、あのひとに、しんそこ似合う香りだと感心しました。

部屋を訪ねてきたひとが、去っていったのちは、思いが残ることなどなかったのですが、あの香りのせいでしょうか、そのひとのことばかりは、もう一度会いたい、もう一度身体を、世界を、分かち合いたいと、何度も思ったものです。

それから、どれほどのときが経ったのかは定かではありません。わたしは、「十五番目の水」の部屋で、八人の子を産みました。七人の男の子と、一人の女の子です。みな、生まれてから七日間しかそばにいられませんでしたが、どの子もほんとうにかわいらしく、腕に抱いた感触は、生涯忘れません。

最初の男の子は、ふさふさの巻き毛に、葡萄の実のような瞳をしていました。ほとんど泣かない、おとなしい子でした。

二番目も男の子で、透き通るような白い肌をしていて、頭髪のない頭がつやめいていました。

ろうそくの光にかざすと、そわそわとした短い産毛が見えました。そして、ナイフですっと切ったような目をしていました。

三番目の子も男の子で、少しとがらせたくちびるを、眠っているあいだもずっと動かしているのが特徴でした。くちびると同時に、丸みを帯びた指も動きました。

四番目も男の子でしたが、疲れやすいのか、乳を飲みながらすうっと眠ってしまうことが多く、よく口の端から白い乳をこぼしていました。うっすらと開いたまぶたの奥から、きらきら光るうすみずいろの瞳が見えました。

五番目もまた男の子。黒くて硬い髪の毛がしっかりと生えていて、眉も太く、立派でした。くっきりとした二重の目は、正義感にあふれているようでした。

六番目もやはり男の子。このころには、自分は、男の子しか産めないのだと確信していました。とにかくよく泣く、元気な子で、泣くたびに肌が紅潮し、世界で一番きれいなピンク色だと、つくづく眺めたものです。

七番目も思ったとおり男の子でした。褐色がかった肌をしていました。厚めのくちびるはしなやかで、眠っていても乳を飲んでいても、涙を流しているときでも、笑っているように見えました。

八回目の出産で、初めて女の子が生まれました。女の子が生まれるなんて、思ってもみなかったので、不思議な気持ちになりました。不可能だと思っていたことが可能だったと知るのは、うれしいものです。でも、その女の子は、これまでの子たちとは比べものにならないくらい、小さな赤ん坊でした。心臓の音も弱くて、無事に生きのびられるか、心配でした。生まれて三日目から、ビー玉のような瞳をわたしに向け、にっこりと、この世にいることがうれしくてたまらないというふうに、やわらかく笑うようになりました。ほんとうにかわいらしくて、いとおしくて、たまりませんでした。あの子を引き取りにくるひとの足音（いくつもの足音がドアの向こうでしましたが、赤ん坊を引き取りにくるひとの足音は、はっきりとこれだ、とさとることができたのです）がしたとき、心臓が止まりそうになりました。

でも、わたしが産んだ子どもたちが、今どうしているかなんて、考えることはありません。それぞれの七日間だけが、わたしにとってのあの子たちのすべてです。それで、満足しています。

〈どうしているかわからないということは、悲しくはないのです。知ってしまったら、悲しいことがたくさん出てきたかもしれないけれど、永遠に知らされずにすむんだもの〉

いつか、ミリアム・ヘッド・ラヒンの語ったことが、今となってはとてもよくわかります。

〈みんな永遠に、生まれたばかりのまっさらな姿のまま〉

それでも、引き離されるたびに、胸が痛みました。それが二回、三回と繰り返され、八番目の小さな子を、腕の中から手放すとき、わたし自身の魂さえ持っていかれるような気がしました。引き取りにきたひとが、ドアをしめて出ていったあと、わたしは全身の力が抜けて、すっかり放心してしまいました。

睡蓮の香りをたてるためのろうそくもともす気になれず、闇の中でなにもせず、じっと横たわっていました。にもかかわらず、ドアを開けて入ってくるひとがいました。わたしは、ドアの外から久しぶりにさしこんできたまぶしい光に、顔をしかめました。入ってきたひとの顔は、逆光でよく見えませんでした。

ここにやってきたひとは、とにかく受け入れなければなりません。どんよりと重い身体をなんとか起こし、ろうそくに火をともしました。そのひとの顔が、薄暗い部屋にぼんやりと浮かび上がりました。くちもとが、かすかに微笑んでいました。長くのばしたグレーの髪の間からのぞく二つの目は、力強くわたしを見つめています。そしてまっすぐにわたしのほうへ近づいてきます。微笑んではいるけれど、ただならぬ雰囲気をかもしだしていましたので、わたしは、相手を刺激しないように笑顔をつくりつつも、あとずさりました。

「逃げないで」

逃げるなと言われると、逃げ出さなければいけないような気になってしまいます。しかし部屋はせまく、すぐに背中が壁にあたりました。そのひとがさらにせまってきたので、わたしは、肩をすくませてしゃがみこみました。

「ぼくのこと、忘れちゃったの？」

少し鼻にかかった、低い声でした。はっとしました。

このひとと、どこかで会ったことがある……？

胸の奥が、もやりと熱くなりました。記憶を探ってみたけれど、思い当たるひとはいませんでした。覚えがないと伝えましたが、そのひとはかまわずわたしに近づき、肩にふれました。

「そんなにおびえないで。大丈夫だよ」

まっすぐにこちらを向いたまま、目線を合わせるように腰を落としました。そして、わたしの両頬にてのひらを当てると、少し力を入れました。

「ぼくの目をしっかり見てよ。忘れたの？　忘れてしまったの？　フラン」

その名前を聞いたとたん、耳の奥で、きいんと高い音が鳴り、遠い記憶が一気に蘇ってきました。自分がフラン、と呼ばれていた時間があったことを思い出したのです。胸の中で、熱い光がはじけました。わたしも手をのばし、そのひとの頬にてのひらを当てました。

「グリン」

なつかしいその名前は、考えるより先に喉をふるわせて、わたしの口からこぼれ出ました。グリンは、わたしの頬から手を離し、自分の頬に当てられたわたしの手をつつみました。そして、ぎゅっと力を入れました。グリンの顔がふにゃりとつぶれ、おかしな顔になりました。おかしな顔になると、あのころとなんにもかわっていないように感じました。

わたしは、急にゆかいな気持ちになって、くすくす笑いました。

「グリン、会いたかった。グリン、グリン、ずっとずっと想ってた。会いたかった、とても、とっても。会えたらまた、一緒にテーブルの下にもぐって遊べるのにって、思ってた」

するとグリンは、悲しげに微笑んで、わたしの手を握りました。

「ぼくたちは、テーブルの下で遊ぶには、大きくなりすぎてしまった」

その通りでした。わたしたちが、一緒にテーブルの下にもぐりこんだら、身体がはみだしてしまうでしょう。それに、もう、テーブルの下にもぐりこんだって楽しめないことは、わかっています。切なくなって、わたしはグリンに抱きつきました。

「グリン」

わたしがよびかけると、今度はグリンが、わたしの名前を呼びます。忘れかけていた、かつてのわたしの名前。

「フラン」

グリンの声でよばれるたびにその名前から、甘い香りが放たれるようで、背中がぞくりとしました。小さかったあのころに、みるみる戻っていくようでした。

「わたし、グリンが好きだった」

また考えるより先に、喉から言葉がこぼれ出しました。その言葉の重さに驚きながら、グリンの身体の匂いが、なんとも心地がよいことに気づきました。なつかしい匂い。気が遠くなりそうなほどに。あの、背もたれに模様のある椅子の部屋にいたころの匂いだろうかと、遠い記憶を探りました。

いいえ、違います。子どものころのグリンに特別な匂いの思い出はなく、模様のある椅子の部屋には、様々な食べ物を煮続けているときの、どこか気だるい匂いが始終充満していただけでした。

その後の記憶をまさぐっているうちに、思い当たる匂いにたどりつきました。いつか、この部屋を訪ねてきた、香りを調合する仕事をしていると言っていたひと。あのひとが、部屋を出たあとに残した衣服。そこから漂っていた、えもいわれぬ匂い……。

だとするとグリンは、あの衣服の持ち主だったということでしょうか。あのひとは、目が見えなくてずっと目を閉じていたし、どんな顔だったかは、まったく覚えていませんでした。

でも、この匂いがあのときと同じものであることは、間違いがない気がしました。

「グリン、ずっと前に、ここに来たことがあるでしょう？」

「そうなの？　でも、そうだったとしても、ぼくには、わからない。ぼく、ちょっと前のことは、すっかり忘れてしまってるんだ。なんだか目がよく見えなかったっていうことしか覚えてなくて。でも、小さなフランと一緒にいたときのことは、きのうのことみたいによく覚えてるよ。身体をつねってくるロロウや、おとなしくて小さなミャムが、いたよね」

なつかしい名前がグリンの口からこぼれ出て、胸が高鳴りました。

「グリン、あなたは、ここに来たわ。たしかに、来た」

睡蓮の香りを、すぐに言い当てたあのひと。指先で、わたしのことを知りつくしたひと。

「あ」

とつぜん、グリンが目を大きく見開き、ろうそくに近づきました。

「この香り……。この香りは……」

「睡蓮の香りです」

「そうよ、知っている、知っているような気がする……」

「この香りを、知っているのよ。ここにはじめて来たときに、睡蓮の香りですねって、すぐに言い当てたもの。香りを調合する仕事をしているから、わかるんだって言って」

「そうなんだ。でも、そんなことを言ったことは、覚えてないな。思い出せない。でもこの香りは、記憶をくすぐる。ああ、もどかしい。ぼくは、どういうわけか、長い間眠っていて、目が覚めたとき、ある期間の記憶が、すっぽりと抜け落ちてしまってたんだ。眠りから覚めたときね、ロロウがそばにいたんだよ」

「あの、ロロウが?」

「そう、あのロロウ。ともだちのことをよくつねってた。でもロロウは、すっかり大人になっていて、ひとをつねるどころか、病気のひとを助ける仕事をしていたんだよ。それで、偶然、記憶を失ってしまったぼくの担当になったんだ。お互いに覚えている昔の話をしていて、フランの話になった。ロロウは、フランが〝十五番目の水〟の部屋にいるらしいって、こっそり教えてくれたんだ」

「ロロウは、どうしてわたしがここにいることを知っていたの?」

「この部屋を訪ねてきたことがあるらしいよ。それも偶然らしいけど。ロロウが来たときのこと、覚えてない？」

「ええ……。実は、ロロウのことは、ずいぶんおぼろげで、顔もよく覚えてなくて……。訪ねてきたとしても気づかないと思う」

ここを訪ねてきたひとの姿を次々に思い返してみましたが、かすかに覚えているロロウのたたずまいと重なるひとを、記憶から引き出すことはできませんでした。ロロウは、わたしに気づいてくれたのに。申しわけないような気持ちと、どうしようもなく淋しい気持ちがないまぜになりました。

「ロロウは、きみのことを心配してたよ、とても。あんな部屋にいるべきじゃないって言ってた。それで、ぼくにここに行くように言った」

「でも、心配してたなら、なぜわたしに直接話してくれなかったのかしら」

「ロロウも、ここに来たときには、わからなかったらしいよ。今ごろになって、あれはフランだったって気づいたって」

「ロロウは、わたしたちのことを、よく知ってくれていたのね。だって、自分ではなく、グリンをここに来させるなんて」

「……うん？」

「ねえ、グリン。記憶を飛び越えてここに来たのなら、今、この場所から、心を新しくはじめても、いいんじゃない？」

「心を新しく、はじめる?」

わたしはグリンの目をまっすぐに見据えました。「十五番目の水」としてではなく、フランとしてグリンと一緒に生きていきたい。そう強く決意したのです。

「そう、新しくはじめるの」

「いいんだね。ほんとうはぼく、きみをここから連れ出そうって、最初から思ってたんだ」

わたしたちが、ここを出て、どこにゆくことができるのかなんて、考えていませんでした。なんとかなる、どうにでもなる、とだけぼんやり思っていたのです。

# 10　記憶のフタ

暗い底から、水面にふわりと急浮上するような感覚にみまわれた。自分は今、目を覚まそうとしているのだということに気づく。

瞼を開いた。しかし、なにも見えなかった。闇なのだ。今自分は、まったくの闇の中にいるのだ。

意識はもうろうとしていて、どんな場所で、どんな状態にいるのかわからない。目をこらしても、まわりは暗闇ばかりでなにも見えない。不安感が押し寄せてくる。息苦しい。そろそろと腕をのばし、なにかつかめるものがないかどうか、まさぐってみる。空中をさまよう指先は、しかし、なににもふれることはできずにいた。

指先を空中に泳がせながら、ふいに身体の奥からなにかが込み上げてくるのを感じた。記憶、と呼ばれるものだろうか。自分には、こんなふうに暗闇の中に手をのばして、抱きとめようとしたものがある。それはたぶん、なにかあたたかいもの。

――記憶のフタをあける鍵は、内部にあるのです。

とつぜん、どこからか声が聞こえた。

——あなたは、鍵を見つけたいのですか。

つづけて語りかけてくる、くぐもったその声は、自分の身体の内部から響いてくるようだった。

わたしの中で、声が反響している。

——あなたは、誰？

念をこめるように返事をした。

——私は、私。記憶の流れの辻に立っている、私。

——自分自身に語りかけているということ？

——そのようなものと思ってください。

——記憶のフタは開くことができるの？

——鍵を見つけられたら。

——鍵はどこにあるの。

——記憶の中に。

——思い出せばいいの？

——そう、フタの隙間から、かすかににじみ出てくるもの、それが記憶。それをたぐりよせて、解放すればいいのです。フタは開かれ、そしてまた閉じられた。なんども。そのたびに、封印されていた記憶が漏れ出しました。私は、フタの隙間からにじみ出てきた記憶のカケラ。今、封印されそこねた記憶をつなぎあわせて、声を発しています。

——記憶の中のわたしは、今のわたしに伝えたいことがあるのですか。

——見つけてほしがっている。ずっと閉じこめられてきたものが。

——でも、怖い。記憶がよみがえるのは、怖い。記憶は、どうしようもない理由があって、封印されたのかもしれない。閉じこめられた記憶を、解放してしまったら、二度と、光を見ることができなくなりそう。

——知るも知らぬも、いずれも闇。いずれも光。あなたが今、指先で探していたものは、なんですか。

——たぶん、だれかの、身体。あたたかくて、やわらかく、生きている、だれかの。

話をしているうちに、いつか指先にふれたたしかな感触がよみがえってきた。なめらかな皮膚。しっとりと濡れている。おそらく、皮膚からにじんできた、汗。

——汗。

そう声に出したとたん、感触の記憶が薄れ、闇の中にぼんやりと、ほの白い輪郭があらわれた。

「まだ眠ってるの？」

外部からの声だ、と認識したとたん、闇が散った。少年が、まっすぐに自分を見下ろしている。

この少年は……。しばらく考えてから、はっとした。

「……ソル」

その名を思い出して呼びかけ、身体を起こした。すっかり目が覚めた。

「ママ、起きたの？」

「今、何時」

「もう夕方だよ。ずいぶんよく眠ってたね」

「いやだ、一日の終わりかけに目が覚めるなんて、どうかしてる」

「あんまりよく寝てたから、そっとしておいたんだ。きっと疲れてたんだよね。いろいろ、あったから」

「だからって、こんなに寝てしまうなんて。今からでも起きなきゃ。あら？」

ソルの顎に、茶色いものが付着しているのを見つけた。

「ソル、顔が汚れているわよ。顎のところ」

「ほんと？」

寝室の壁にかけてある楕円の鏡を、ソルはのぞいた。

「ほんとだ。きっと湿地帯で、泥がついちゃったんだ」

「湿地帯？　そんなところに行ってきたの？」

「そう。パパがね、今日はものすごく久しぶりに、急に休みが取れたから、鳥を見にいこうって、言ったんだ。前々から約束はしてたんだよ、鳥を見にいくことは」

「前に二人がそんな話をしていたのは聞いてはいたけど、まさかほんとうに行くなんて、思っていなかったわ」

「うん、実はぼくも、パパが言ってること、本気にはしてなかったから、ちょっとびっくりした」

「パパとソルの、二人で行ってきたの？」

「うん。ママも一緒に行けたらいいねって話もしたんだけど、ママは朝からずっとベッドですやすや眠ってたから、パパと話し合って、そっとしておこうってことに決めたんだ。ママはきっと、とっても疲れてるんだろうって。それに、たまにはママがいないほうが、お互いに話しやすいこともあるだろうって、パパが」

立て続けに話すのを聞きながら、手元にあったタオルで、ソルの顎の泥を拭きとろうとした。しかし、乾いたタオルでこすっただけでは、泥は落ちなかった。

「顔なら、あとでちゃんと自分で洗うから、大丈夫だよ、ママ。今は、もっと話をしてたい。それにこれは、湿地帯のお土産みたいなものだから、もうちょっとこのままにしておきたいんだ」

「お土産みたいなもの？」

言いまわしがおもしろくて笑って訊きかえしたが、ソルは真顔のままだった。

「あのね、湿地帯へ行ったときはね、車の運転は、パパがしたんだよ」

「パパには専用の運転手がちゃんといるのに、自分で運転を？　そんなことをするなんて、めずらしいわね」

「だよね。いつものあの白い車を、自分で運転するからって、とまどっている運転手のひとを、運転席から引っ張り出したんだ。そのあとすぐに運転席に座って、運転手のひとには、あっちへ行きなさい、みたいな手振りをして。でも、二人きりだとなにかと不便なことがあるだろうし、一緒についていきますよって、運転手のひとが言ってくれたんだけど、パパはものすごくきむずかしそうな顔になって、そんなものはいらん、いっさいいらん、って怒ったように大きな声で言って、早くしなさい、ってぼくを車の中に呼び込んだんだ」

「ずいぶん、強引なドライブだったのね。湿地帯は、遠かったんじゃないの？」

「ぼく、ずっと後部座席で眠ってたから、どのくらい遠かったのかは、よくわかんないんだけど、ぐっすり眠ってたし、けっこう長い時間だったのかもしれない。ただ、着いたときには、まだ陽は高かったよ」

「鳥は、いた？」

「いたよ。赤くてほそくて長い脚の、大きな翼の白い鳥が」

「そう、よかったわね。パパも、よろこんだでしょう」

「うん……。水辺をね、鳥が歩いてたから……」

「鳥は、飛んでたんじゃないの？」

「飛んでる鳥もいたよ。でも、水の中を歩いている鳥もいたんだ。パパ、それを見たとたん、あれを捕まえにいこうって、走り出した」

「鳥を、捕まえる？」

「ソル、ママは起きたかい？」

突然ドアが開いて、市長が中に入ってきた。部屋は暗く、市長の顔はよく見えない。

「ほんとうにすみませんでした。大切な休日だというのに、すっかり眠りこんでしまって」

「いいのですよ、久しぶりの休日だからこそ、のんびりしても。ゆっくりと睡眠をとることを、身体が欲していたのでしょう」

市長の言い方に、違和感を覚えた。いつもの声に違いないが、なんだか口調が違う。

「でもまあ、眠り姫もやっと目を覚ましたのなら、こちらで、起き抜けのお茶でもいかがですか？」

部屋から廊下に出た市長が、ゆっくりと振り返った。廊下の明るい光を浴びて、顔が浮き上がった。私は、息を飲んだ。

違う。このひとは、昨日までの市長とは、別人だ。ソルは、顎の汚れた顔で、私をじっと見つめている。黒い、大きな瞳が、うるんでいる。

# 11　降りて、降りて

わたしの手を握るグリンの手は熱く、力強く、痛いほどでした。そのまま早足でぐいぐいと引っぱられるので、なんどかつんのめりましたが、一度も転倒することはありませんでした。グリンは、わたしの足に気を使いながら、最大限に速くすすんでいったのです。すすんでいった、というより、降りていった、というほうが正確でしょう。

ときには長く続くらせんのスロープを、あるときは先が見えないほど深く続いている階段を、わたしたちは、降りて、降りて、降りて、ゆきました。

降りてゆくほどに、光はうすくなってゆきました。しだいに失われてゆく光の中で、わたしたちはお互いをつなぐ手に、いっそう力を入れました。

わたしたちは、ひとときも離れてはならない。このままずっと一緒に。心の中に浮かんだのは、そのことだけでした。降り続けてゆく間、わたしたちは全くの無言でした。言葉をかわさなくても、少しも怖くはありませんでした。

ついに、全く光の届かない場所に入ってゆきました。グリンは立ち止まり、つないでいない方の手で、わたしの肩を抱き寄せて、言いました。

「耳をすませてごらん」

わたしは暗闇の中で耳の感覚に集中しました。

「水の音が聞こえるだろう」

たしかに聞こえてきます。とてもささやかな音でした。けれども、なにも見えない暗闇の中でその音を聞くことに集中していると、耳の中に水が流れこみ、通りぬけてゆくように感じました。

「あの水。あれがぼくたちを、生かしてくれる。あの水の音のする方へ行こう」

「はい」

「もう、急がなくていいから」

グリンの声は、穏やかでした。わたしは返事をするかわりに、グリンの指の間に自分の指をすべてからませて、やわらかく握りました。グリンもそれに応えるように、握り返してくれました。

暗闇の中を、一歩一歩、慎重に歩きました。わたしたちが確かに感じることができたのは、その指の感触と水の音だけだったのですが、それでも、しずかにうれしいと思う気持ちに、支配されていました。

それから二人きりで暗闇の中で暮らしました。水の湧き出る場所のほとりで。

その水は、甘い味がしました。やわらかな甘い味。てのひらで掬って、一口、口に含んだだけで、身体がほんのりあたたかくなるのを感じました。飲めば飲むほどに、身体がほてってくるようでした。

昔、「十五番目の水」の部屋を訪ねてきたことのあるひとが、「オレ、水しか飲まないから」と言っていたのを、思い出しました。犬歯にダイヤモンドをつめていました。グリンに話すと、じゃあ、ここに来たことがあるひとなのかもしれないね、と言いました。

グリンが、甘い水のある場所について知ったのは、あの、背もたれに模様のある椅子が置いてあった部屋を出て、すぐのことだったそうです。

「あのころのことは、今でもよく思い出せる」

闇の中で、グリンが低い声で言います。

「模様のある椅子の部屋にいたころ、ぼくは、あそこを飛び出したくてしかたがなかった。大きいひとたちの目をぬすんで、どこかに抜け出してしまおうと、いつもいつも考えていた」

「そんなふうに考えていたなんて、知らなかった」

「わからないようにしてたんだよ。無計画に飛び出したって、うまくいかないだろうって思ってた。大人のひとたちが出入りしている扉を、少しずつ注意して観察して、頭の中に、自分がわかる範囲で地図を作った」

「地図?」

「どうやったらより遠くへ抜け出せるか、頭の中でルートを考えていたんだよ」

「グリンがいなくなった前の日のこと、今でも覚えてる。この世界の出口を一緒に見つけてみないって、わたしに言った」

「ぼく、フランも一緒に連れていきたかった」

少し沈んだその声に、グリンの悲しそうな表情を思い浮かべずにはいられませんでした。

「でも、バレてしまったんだ。ぼくが、外に出ようとしてたことが。フランにあのことを言ったあと、テーブルの下から出て、ぼんやりしていると、背中から大人のひとの手がのびてきて、肩をつかんだんだ。こっちへおいでって。そのまま強い力で引っぱられていった。部屋から離れて、暗い廊下を、引きずられるように連れてゆかれて」

「だから、急にいなくなったのね」

わたしは、グリンが座らなくなってしまった椅子のことを思い浮かべました。じっと見つめ続けていたら、グリンがまたそこに座りにくるんじゃないかと思って、ずっとずっと見続けていたことも。椅子の模様が瞳に焼きついて、影ができてしまうのではないかと思うほどに。ただただ立ったまま、椅子を見つめることしかできない自分が、くやしくてしかたがありませんでした。

記憶の中の明るい部屋を思い浮かべながら、暗闇の中でグリンの身体に手をのばします。わたしたちは、お互い裸です。皮膚と皮膚が、直接ふれあうのです。グリンの身体を、わたしの身体の全部で覚えておけるように、強く抱きしめます。

グリンが椅子の部屋から連れ出されて送り込まれた場所は、淡い、赤い色の差しこんでいる部屋だったそうです。低いガラスのテーブルを通過した光が、灰色の床を照らしていたそうです。

グリンは、つめたい床の上に直接座らされて、一人きりで何日もその部屋ですごしたのです。

「どうして光の色がずっと変わらないのか、不思議だった。ずっとずっと夕方の中にいるみたいで。ぼくはもう、生きてなんかいないんじゃないかって思ったよ」

グリンは言いながら、くすりと笑いました。

「でもね、もらった水が甘くてね。甘いってわかるってことは、生きてるんだろうなあ、って」

「水は、コップに入ってたの？」

「ううん。とうめいな瓶に入ってた。毎日一本ずつわたされるんだ。それを一本飲めば、確実に一日生きていられる、大丈夫だって、大きいひとが言った。案外、やさしい声で」

とうめいな瓶が、淡い赤い色に照らされている。グリンがそれを、まだ小さな手でつかんで、口に含む様子を想像しました。光に赤く染まった水が、グリンのその喉をつたってゆくことも。

「グリン」小さな声で呼びかける。

「ん？」

「また、生きて出会えて、よかった。わたしたち」

グリンのてのひらが、頬にふれました。つめたくもあたたかくもなく、わたしたちが今、同じ温度を保持していることがわかりました。

「うん」

グリンは、ドアごしに瓶の受け渡しをする瞬間に、するりと大人のひとの腕の下を抜けて、赤い部屋から抜け出したのだそうです。

すばしっこいグリン。ゆうかんなグリン。走って走って走って、どこまでも走っていく。たとえ、目の前が闇だったとしても。

闇の中に流れていた水。グリンは、走っていった先でそれを見つけました。これを飲んでさえいれば、とりあえず生きていける、と、そこに座っていたひとが教えてくれたそうです。瓶に入っている水と同じものだと。

「あのころは、もうすこし、ここにも光がさしていた。でも、こうも考えられるよね。ここは闇の中だから、ぼくたちのことを、誰も見つけることはできないって」

「ずっと、ここにいるの？」

「いられるだけいよう。しばらくしたら、また光のさす場所へ戻れるよ、きっと。闇の中にいなくてはいけないときなんて、しばらくの間だけだよ」

「しばらくの間？」

「そう、しばらく。しばらくの間は、がまんしてここで待つ。しばし、待て、だ。ずっとずっと遠いところにいる、光のカタマリが、そう言っている気がするんだ。しばし待て、って」

「シバシ、マテ……」

わたしは、頭の中にきざみこむように、その言葉を平らな声で繰り返しました。

グリンの腕が、わたしの背中にまわりました。わたしの腕もグリンの背中にまわします。グリンの胸とわたしの胸がぴったりと重なりあいます。この皮膚の感触を、この身体のかたちを、死ぬまで忘れないようにしよう。そう思いながら、グリンの皮膚の上を、てのひらでくまなくなぞりました。わたしは、このひとの身体のことを、生涯忘れないでしょう。

# 12　湿地帯

湿地帯には、風が強く吹いていた。ソルは、風に飛ばされないように市長の腕を両手でつかんでいたが、水気をたっぷりと含むやわらかい土に、革靴の市長は足をとられ、ふらついた。土のところどころから、先端のとがった細長い草がのび、強い風にしなって、しゃらしゃらと音をたてていた。

灰色の雲に覆われた上空に、翼の大きな鳥が、金属のこすれるような耳障りな声を出して飛んでいた。二人の他に、人間はいなかった。鳥の声と、風が通りすぎる音以外はなにも聞こえてこない。

「パパ、風がつめたい。ねえ、パパの言ってた鳥は、あれなの？」

ソルが、腕をのばして、空の鳥を指さした。市長はソルの指の先を、眉を寄せてじっと見つめた。

「いや、あれじゃない。あれは、鳴き声も姿も、うつくしさに欠ける」

市長は、ソルの手をぎゅっとつかむと、風にあらがうように前に進んだ。

「白い羽に、紅い脚、清らかな声、だ。あれは、空も飛べるが、もっと水のあるところを歩いていることのほうが多い。見たいんだ。どうしてもこの目で見たいんだ。あいつが、歩いているところを」

「どうしてそんなに見てみたいの?」

「ちょうどおまえくらいのときに、一度見たきりだからだよ。子どものときの喜びを、大人になった今だからこそ、追体験してみたいじゃないか」

市長は、ソルの手を引きながら、さらに進んだ。足元の土は水気を増し、歩行はさらに困難になった。

「パパ、手、ちょっと痛い。靴に泥が入って、きもちわるいし、ぼく、なんだか、こわくなってきちゃった」

ソルはおそるおそる話しかけたが、市長は聞く耳を持たず、前を向いたまま無言でさらに先へ行こうとした。

「パパ、ちょっと下見て。水だよ、水がきてるよ。どんどん深くなるよ」

足元はすでにぬかるみになり、目の前には、広大な湿地帯が広がり、水をたたえて光をにぶく反射していた。

「いた、いたぞ」

市長が大きな声を出した。市長の視線の先に、真っ白な羽と長い嘴の鳥が一羽、立っていた。

細くて紅い脚の片方を三角に折り曲げて、もう片方の脚に添えている。

「きれいな、鳥だね」

そう言ったソルの身体は、小刻みに震えていた。靴は半分ぬかるみに沈み、しみこんできた冷たい水で、中がぐっしょりと濡れていた。水気が白い靴下をつたい、半ズボンのソルは、足元から冷えてしまったのだった。

「さあ行こう、あいつを捕まえに」

「パパ、無理だよ、あんなところまで行けやしないし、鳥を捕まえるなんて、ぜったいできっこないよ」

ソルは、市長の上着を両手でつかみ、ひき戻そうとした。

「どうした、ソル。こわくなんかないさ。パパにまかせればいいんだ」

「ここは、鳥がすんでるところだよ。人間がじゃまをしちゃあ、いけないんだよ」

「そうだなあ、ソル。ここは、鳥がすむところだなあ。ちゃんとしてるなあ、おまえは。オレがおまえぐらいの歳のころに初めて見たときは、あの鳥が、欲しくて欲しくてたまらなくなったたっていうのに」

「どうしてあの鳥が欲しかったの？　なにがしたかったの？」

「なにがしたかったってことはないよ。ただ、手に入れたかっただけだ。ほら、よく目をこらして見てごらん。あっちにも、あそこにも、そっちにも、いるぞ。湿地帯の魚を、あの長い嘴で、あさってるんだ」

「そうだよ、鳥は今、お食事中だよ。じゃましちゃいけないよね。ぼく、そう教えてもらったよ。ひとがおいしくご飯を食べているのをじゃまして、まずくさせたりしちゃいけないんだって」

「あれは、ひとじゃない、鳥だ」

「だって、鳥も生きてるんでしょ。食事をするんでしょ。地球は、人間だけのものじゃないよね」

「それは言っちゃいかん」

「どうして？」

「正論だからだ」

「正論だと、どうしてダメなの？」

「前に進めなくなるだろう？　正論なんて、無駄なんだよ。前に進むためには」

「前に進まなくても、いいよ、パパ。これ以上進んじゃダメだよ。もう足が、パパ、足が、半分沈んでいるよ」

「そうだなあ」

「早く引き返さないと、戻れなくなっちゃうよ、ねえ」

「パパはなあ、あの鳥になりたいんだ」

「え？」

「おまえも、鳥になればいい。ここで、魚を食って、生きていくんだ」

「なにを言ってるの、パパ。鳥になんてなれやしないよ。生まれたときから人間にしかなれないって、決まってるんだよ。ここは、寒いよ。寒すぎるよ。早く帰ろうよ」

「ふん、早く帰ろう、か。これだから子どもは。人間にはな、役割ってものがあるんだぞ。役割をなくしたら、人間じゃあなくなるんだぞ」

「どういう意味？」

「パパのかわりも、おまえのかわりも、いくらでもいるんだ」

「パパ……。パパは、市長の役割をなくしたってことなの？」

市長は、振り返って、ソルの頭をなでた。

「なくしたんじゃない。なくしたいんだ。もう、終わりにしたいんだ。いや、終わりにするんだ」

「どうして？　ぼくたち、一緒に暮らしはじめたばかりだよね。これから、一緒に楽しくやっていこうって、言ってくれたばっかりだよね」

「やりたいことなんて、なんにもなかったんだよ。大きな声で、そう言いたかった。なにもかも、どうでもよかったんだよ。なんにもやりたくなかった。ずっとそう言ってやりたかったんだよ」

「やりたくても、やりたくなくても、パパには、役割があるよ。とっても大きな役割が。帰って、やらなくちゃいけないことが」

「ふん。おまえは正しい、正しいよ。そうだなあ、じゃあ、あの鳥を捕まえることができたら」

「捕まえることができたら？」

「満足できる。満足できれば、戻ってこられる。そうしたら、なにもかも元通りだ。実にいいアイディアだ」

「鳥を、捕まえさえすればいいの？　それで、気が済むの？」

「ああ、そういうことだ。ソルは、ここまででいいぞ。この先は、一人で行く。夢の冒険の、はじまりだ」

ソルは、市長の上着からそっと手を離した。市長は、上着を脱ぐと、ソルに手わたした。市長の白いシャツが、風にはためく。

「寒いだろう。それを羽織って、草の上ででも、待っていなさい」

ソルは、受け取った上着を強く握りしめた。

「ねえ、きっと、戻ってくる？　ぜったい、帰ってくる？」

「そうだなあ、たぶんなあ。だけど約束してしまったら嘘つきになってしまうから、約束だけは、できないなあ。子どもは、嘘をつく大人が、嫌いだろう。子どものうちから人間不信にさせてしまっては、申し訳ないからなあ。一生ものだからなあ。約束だけは、しないでおくよう。まあ、とにかく、パパは行くからなあ」

泥に沈みこんでなかなか前に進まない身体に力を入れながら話したためか、市長の声は奇妙に間延びしていた。がたがたと震え、歯の根が合わず、言葉を返せないでいるソルに完全に背を向けると、ぐいぐいと足に力を入れ、進んでいった。

「パパ、身体が、沈んでるよ。足が、もう、見えない……」

湿地帯の奥で小さく見える市長の身体が傾いたのと、白い鳥が灰色の空に飛び立ったのは、同時だった。空の鳥は、ヒューと涼しく一声鳴き、市長の身体は、湿地帯の中に、ゆっくりと沈み込んでいった。

ソルは、あ、と声を上げたのち、市長の上着を抱きしめたまま、立ちつくすことしかできなかった。


「君は誰よりも聡明な子どもです。我々は、君のことを高く評価しています。先日の、新しい母親への事情説明も、完璧でした。見事なものです。市長のこと……、あれは、想定外のできごとでした。あのような場面に、君を巻き込むつもりは、ありませんでした。心身の衛生上たいへん問題がありました」

「ぼく、べつに、だいじょうぶです」

ソルは、頭を少し下げたまま、目線だけを上げて言った。

「我々としても、その言葉を信じるしかありませんが……」

「ねえ、ぼく、もうなにがあっても平気だから。だから、ほんとうのことを教えてよ。あのひとは、一体……？」

ソルの目の前に座っている、白いネクタイの人物は、ふうっとため息をついた。薄茶色のシャツの上に、茶色い上着を重ねている。

「あのひとは、まあ、思ったよりもずっと、ロマンチストだったようですね」

茶色の両手を広げた。

「ロマンチストな生き物は、無茶をしてしまいがちですから。戻ることを計算に入れることができなかったのでしょう。まあ、事故のようなものですね。しかし、君は心配することはありませんよ。車は運転手に運んでもらいましたし、新しい市長も、はた目には、それとわからないでしょう。家に帰り着いても、君のママも、気づかないかもしれませんよ」

ソルは、膝の上に畳んでおいてある、市長の上着を片手で握った。

「気づかない、なんてこと……あ……」

ソルは、市長の上着になにか入っているのを感じた。

「どうか、しましたか……？」

「あの、一人にさせてください。一人でちょっと考えたいんです」

「わかりました。席をはずします。我々は、君を心から信頼していますから」

ソルは、黙したまま大人たちがまわりからいなくなるのを待った。一人きりになると、市長の上着の内ポケットに感じた「なにか」を探った。

内ポケットの中から出てきたのは、一本の指だった。おそらく市長の人さし指で、関節が少し曲がっており、切断された指の付け根から、細いコードが何本もはみ出していた。

「パパの指、機械だったんだ」

ソルは、眺めているうちに、つくづく悲しくなってきた。誰かにこの指が見つかってはいけないと思い、自分のズボンのポケットにしまいこんだ。

市長が、全身機械でできているかもしれない、という噂をソルは思い出していた。でも、それは嘘だ、とソルは心の中で即答した。全部機械だったとしたら、鳥を見にいきたいなんて、意味のないことをやりたがるはずがない。全身機械でできている、という噂が生まれたのは、指だけではなく、身体の、不具合が出たところをいくつも機械にかえて生きてきたからだろうと、ソルは推測した。

パパは、あのとき、とっさにこの指を上着の内ポケットに入れたんだ。ぼくに、持っていてもらいたくて。

ソルは指先で市長の義指にふれ、ポケットの中でしばらく転がしたあと、手の中で握りしめた。

「あつっ」

激痛を感じて、ソルは立ち上がった。ポケットから取り出すと、義指の切り口から出ていた細い針金が、てのひらにつきささっていた。左手で抜き取ると、しばらくして、針金のささった場所から血が滲み、てのひらに小さな赤い点をつくった。赤い点は、じょじょに大きくなってくる。

それを見ているうちに、足に力が入らなくなり、床にしゃがみこんだ。

「どうした、大丈夫かい」

よく通る低い声が頭から降ってきて、ソルはあわてて指をふたたびポケットにしまいこんで、声のする方を見た。姿勢のよい男が、ダークグレーのスーツを身に纏って立っていた。

「湿地帯で身体が冷えて、具合が悪くなったんだね。早く家に帰ったほうがいい。さあ、一緒に帰ろう、ソル」

このひとが、新しいパパ。ソルは直感した。ソルの顔はゆがみ、瞳がうるんだ。目にたまってきた涙をこぼさないよう、思いきり瞼を開いたまま、うん、寒かった、とだけ答えた。立ち上がろうとしたが、まだ力が入らなかった。

「どうした、立てないのか?」

男が、上半身を傾けて訊いてくる。逆光になって、顔がよく見えなかったが、ソルは素直にうなずいた。うなずいたとたん、涙がぽろぽろとこぼれおちた。

しょうがないなあ、まだ小さいんだなあ、と男は言いながら、ソルを両手で抱え上げた。

小さいなんて言わないでほしい、なんにもわかっていないくせに、とソルは思った。そして、自分もあの市長と一緒に、鳥を捕まえにいけばよかったと後悔した。そうすれば少なくとも、あのひとは、とてもうれしかっただろう。鳥が、捕まえられても、捕まえられなくても、しあわせな瞬間を一緒に感じることができたんだ。でも、もう遅い。新しいパパがすでにあらわれてしまった。

ソルは、男の肩にしがみついたまま、目を閉じた。暗い湿地帯が、目の奥に広がっている。

「ソル、二度とあの湿地帯へ行ってはいけないよ。あそこはぬかるみだらけだ。誰でも足をとられてしまう。絶望に、足を、とられてしまう」

耳の穴に直接流しこむように、男はソルに告げた。

「わかったよ、パパ」

なるべく明るい声を出して答えながら、いつかまた、あの湿地帯に行くことになるのだろうと、ソルは思った。前の市長が、ずっとずっと、忘れることができなかったように。

# 13　砂の街——カガミ

カガミは、玄関のドアノブを自分の顔が映り込むくらいに磨き上げると、よし、と小さな声でつぶやいた。そのとき、きゅうっと、動物の鳴き声のようなものが聞こえたので振り返った。が、そこには、自分が今ピカピカに磨き上げたばかりの鏡が壁にかかっているだけだった。

空耳だな、とカガミは思い、部屋を磨くために使っていた薄桃色の布を、両手を使って丁寧にたたんだ。ズボンのポケットに小さくたたんで入れたとき、また、きゅううっと鳴き声が聞こえた。先ほどより少し大きく、長く、はっきりとカガミの耳の奥に届いた。

なにかいる。カガミは感じた。ちょうど目の前の鏡の縁に、くすみがある。磨きが足りなかったのではない。塗料が剝げかかっているのだ。ここだけなぜなのだろうか。カガミはそこをじっと見つめ、手でふれてみた。ふれたとたん、鏡が動いた。動いたことで現れた壁は黒かった。壁に穴が開いていたのだ。

鏡をはずすと、人が一人入れるくらいの穴が現れた。穴の先に空間がある。カガミは、空間の中に足を踏み入れた。

空間の中は白く、床に赤ん坊が座っていた。カガミと目が合うと、にっこりと笑い、両手を上げて、きゅう、と、高い声を出した。自分を抱いてくれと、言っているようにカガミは感じた。

「なんだ、おまえ、なんで、こんなところに、い、い、いる、の……」

赤ん坊へ、どんなふうに話しかけたらいいのかわからなかったカガミは、何度もつかえながら、それでもカガミなりのせいいっぱいのやさしさをこめた声で語りかけた。

カガミが赤ん坊を抱き上げると、赤ん坊は、また、きゅう、と声を上げ、小さな指でカガミの頬をつかんだ。少し痛かったが、カガミは、へへ、と力なく声を出しながら、うれしそうな表情を浮かべた。

カガミは赤ん坊を抱いたまま、部屋を見まわした。壁紙は白く、窓にも白いカーテンがかかり、清潔そうに見えた。しかし、白いカーテンをめくって現れた窓ガラス一面が、うすくほこりをまとっているのをみとめ、カガミはひどく落胆した。白い壁のあちこちに、赤ん坊がさわってつけたらしき手の跡が残っていることにも、気がついた。

カガミは赤ん坊を片手で抱えたまま、それらの汚れを懸命にふきとるべく、磨き布をふたたびポケットから取り出した。

額から汗が噴き出し、赤ん坊を抱えている手が、疲れのためにぶるぶると震えた。それでもカガミは、部屋を磨くことも、赤ん坊を抱えることも、やめようとはしなかった。

白い部屋を、くまなく真っ白に磨き上げると、カガミは満足そうに深いため息をついた。透明なガラスを通じて、夕方のオレンジ色の光が目に入り、まぶしかった。赤ん坊は、カガミの身体にしがみつくようによりそったまま、その腕の中ですうすうと寝息をたてていた。

カガミは、磨き布を片手でポケットにしまいこみ、ずっと持ち歩いていた荷物のように、赤ん坊を抱えたまま部屋を出た。

玄関に戻り、鏡を元と同じように据えつけ、仕事終了のためのサインをする書類を探した。目に入るところには見当たらなかったため、ふたたび赤ん坊のいた白い部屋に足を踏み入れた。玩具のような白い小さなテーブルの下に引き出しがあり、引いてみると、書類があった。仕事終了のサインをするためのものではなく、養子縁組み契約のための書類だった。

そういうことだったのか、とカガミは得心した。

この子は、ほんとうの子どもではないから、こんなところに隠すようにして、置き去りにされていたのか。

大声で泣くこともなく、目の前に現れた人間にさりげなくなつくのは、この子なりに生きる術を身につけているからに違いない。

カガミは、書類をくるくると丸めて手に握り、赤ん坊を落とさないようにしっかりと両手で抱えて、仕事先の家をあとにした。

カガミは、なぜこんなめんどうなものを持ち出そうとしているのか、自分でもおかしいのではないか、と思いながら、自分が育ってきた場所を思い出していた。

砂の街の共同生活所。裸足の子どもたちが、汚れたままの手で、顔をさわり、髪をなで、抱き合ったり、転げまわったりしていた。その手で、壁を、扉を、食器を、食物を、さわっていた。そのころは、それが当たり前だと思っていたため、カガミもその子どもたちの群れの中に当然のようにまじり、行動を同じくして生活していた。

ある日、一人の女の子が、入所するために白髪の老人に連れられてやってきた。つやのある黒く長い髪が、少し動く度に光を反射した。薄茶色の大きな目はうるんでいて、ゼリーでできているのではないかと思った。白い頬はうっすらと桃色に染まり、ふっくらとした口元には緊張がにじんでいたものの、かすかに笑みをたたえていた。

この子のことが、好きだ。カガミは、瞬間的にそう思った。

もっとこの子を近くでよく見たい。そう思ったとき、足が手が、勝手に動いて、女の子の髪をさわっていた。女の子は、きゃあ、と大きな声で叫んでカガミから逃げた。

「やだ、きたない」

カガミは、無言で立ちつくしたまま、深く傷ついた。まわりで見ていた者たちが、よけいなことするなよ、と言いたげに、カガミをつついた。それはだんだんにエスカレートして、カガミはいつの間にか、まわりにいた全てのひとから袋だたきにあう形になってしまった。

カガミが、抵抗することもできず、痛みをこらえながら、しゃがんで丸くなった姿勢から、女の子のほうをちらりと見ると、女の子の目から、ぽろぽろと涙がこぼれ落ちてくるのが見えた。

女の子が、こわれている。あの子がこわれたのは、自分のせいだ、とカガミは思った。打たれながら、痛みをこらえながら、思った。自分が汚いせいで、こんなことに。

自分は、きれいになります。きっときれいになります。そして、きれいにします。世界中のありとあらゆるものを、きれいにしたいと思います。泣かないでください。

打たれながら、痛みをこらえながら、カガミは思った。

結局女の子は入所せず、カガミの頭の中に、女の子がうっすら微笑んでいたときの顔と、ぽろぽろと涙を流していたときの顔の、おぼろげな記憶だけが、いつまでも残ったのだった。

なぜ、今になってそんなことを思い出しているのか。自分は、なにをしようとしているのだろうか。胸に赤ん坊のあたたかな体温を感じながら、カガミは思った。

自分は、まちがっている。自分は、まちがっている。自分は、まちがっている。でも、まちがいを止めることができない。どうしても、止めることができない。

カガミは、小走りで砂の街をかけぬけながら、思った。

# 14　ミトンさんの音楽

誰かがわたしたちのことを、わらっています。ものすごく遠くにいるらしいそのひとのこと、いえ、ひとたちのことが、わたしには、わかるのです。ああ、わらっている、わらっている、わたしたちは、わらわれている。わらわれたからって、どうってことはないのです。いのちにかかわるようなことは、ないのですから。わらいたければわらえばいいの、と思います。でも、気になるのです。なぜなら、そのひとたちがわらうたびに、地面がゆれるからです。正確には、ゆれるのがわかるのです。他のひとには、わからないくらいの、ゆれ、がわかってしまうのです。わかりたくなんか、ないのに、わかってしまうのです。だから、めいわくなんです。

ゆれる、わらう、ゆれる、わらう、わらう、ゆれる、ゆれる、ゆれる、わらう、ゆれる、ゆれ、わら、わ、ゆ、ゆ、ゆ、ゆ、ゆ………。

そのうちに気絶して、目がさめたら、いろんなことが、どうでもいいような気がしてきました。

水を見にゆきたいです。流れて流れて流れてゆくばかりの水を、見にゆきたいです。

あいかわらず地面はゆれていますが、水のことを考えるだけで、やすらぎます。このゆれも、水の上にいるのだと思えば、ここちよいものに、かわります。水面ならば、ゆれていて当然ですから。

　水の上に眠ると、背中から水がしみて、わたしは水とおんなじになれるような気がします。


　ノートが終わりに近づくにつれ、小さいひとの言葉には、あきらかに不安定な心が感じられるようになってくる。この、「わらうひとたち」というのは、僕たちのような普通の大きさの人間のことを指すのだろうか。

　ノートを閉じて膝に置き、長袖のシャツをめくった。腕に点々と赤いあとが残っている。ミトンさんが爪を立ててつけたものだ。ミトンさんが僕に立てた爪は、小さく丸くやわらかく、腕の皮膚をやぶることはなく、赤い痣として残ったのだ。この赤い痣が、ミトンさんの苦しみを少しでも吸収する役目を果たしていたらいいと思う。が、そういうものでもないのだろう。

　袖をもとにもどし、濃く淹れたコーヒーを口に含んだ。時計を見ると、そろそろミトンさんに食事を運ぶ時間になっていた。

　果物を解凍しようと冷凍庫を開けたとき、内線電話が鳴った。

「ケニさんに、お荷物が届いています」

　受付の女性の声だ。

「それでしたら、あとで取りに伺いますから、しばらく預かっていて下さい」

「緊急と書かれていますので、すぐに取りにきていただきたいのですが」

「わかりました。できるだけ、すぐに伺います」

受話器を置きながら、僕にどれだけ急を要する荷物があるというのだろうと怪訝な気持ちになった。とたんに、はっとした。

あわてて受付に内線電話をかけた。

「誰からの荷物ですか」

「トム、という方からです。差出人の住所は書かれていません」

あのトムから、緊急の荷物が!?

胸騒ぎがした。解凍するための果物を調理用の人工大理石の上に置き、すぐに荷物を取りにいく準備をした。しかし、視線を感じて振り返ると、ガラス戸のむこうでミトンさんが、こちらをじっと見つめていた。

ミトンさんは、眉間に皺を寄せ、少し厳しい表情をしていた。お腹がすいているのだろう、この不機嫌さは。やはり先に、ミトンさんの食事を用意することにしよう。

ガラスのむこうのミトンさんに、今用意する、という意味で、ナイフを使うジェスチャーを送った。ミトンさんは、瞼を一度しっかりと閉じてから開き、わかった、と得心したようすを見せた。

薄皮を剝いたオレンジの房を両手で持って、ミトンさんが、かぶりつく。少し顔をしかめるが、悪くないと思ったらしく、すぐにまた口をつけた。
僕は機械を操作して、音楽を流した。

やわらかい土。
躍るあしあと。
にじみだす水。
どこでも歌う。
眠るゆびさき。

食事中に音楽を流すと、食欲がすすむらしい。音楽は、ちいさいひとの言葉にメロディーをつけて歌ったもの。トムがそんな音楽データを残していたことを発見して、ミトンさんに聴かせると、ふん、知ってる、と言いながら、にやりと笑ったのだ。

ねじりあう布。
夢なんて見ない。
くびすじに塩。

雲ばかり見て。

果てのない底。


オレンジを食べ終えたミトンさんは、白桃を手にとった。一瞬鼻を近づけて匂いをかいでから、一切れを口に入れて頬をまるくふくらませながら、ゆっくりと咀嚼した。

流れている歌声は、実際に小さいひとたちが歌う声を録音したものをデータ化して、音階を取り、プログラミングして歌にしたものである。人工的につくられた歌とはいえ、ミトンさんがかつて聴いた声にかぎりなく近い形につくられているはず。メロディーも、口伝えで聴いた歌の特徴を生かしたものだと、トムの説明書に書いてあった。

なぜトムは、ミトンさんをひきつぐ僕に、この歌の存在を直接教えてくれなかったのだろう。ミトンさんが、こんなにうれしそうにしているというのに。

しかし、トムのことだ。教えなかったのには、それなりに理由があったのかもしれない。ミトンさんは、音楽をかけると機嫌がよくなるが、これでよかったのだろうか。トムから届いたという荷物が気になる。

ミトンさんは、じゃがいものバター団子の最後の一つを手でこねくりまわして遊びはじめた。もうお腹いっぱいになったということだろう。ミトンさんがふと目線を上げた。目が合う。

「オレを、みるな。じろじろみるな」

ミトンさんが視線をはずしながら言った。

「すみません」

ミトンさんは、立ち上がって、ぷい、と背中を向けた。赤いスカートのすそが、細い足首のまわりでふわりと揺れる。僕に背中を向けて立ったまま、ミトンさんはもそもそと、じゃがいものバター団子を食べているようだった。

ミトンさんの食事は、もうあれで十分だろう。僕は、ミトンさんの部屋をそっと出て、トムからの荷物を受け取りにいった。

# 15　空を泳ぐ

「ママ、これを捨ててほしいんだけど」

　ソルが、ベッドにぐったりと横になったまま、片手を差し出した。手の中になにかを握っているようだ。つきだした腕は、あきらかに痩せてしまっている。これを、と言っているけれど、わたしに差し出した握ったてのひらを開こうとしない。開く力も残っていないのだろうか。

　こわれものにふれるように、その指を一本一本ゆっくりとほどくと、中から一本の指があらわれた。ドキリとしたが、声を押し殺し、その指を手に取った。指の付け根から細い針金のようなものが何本も突き出ている。機械でできている指のようだった。切断された、というより、引きちぎられたように針金の長さはふぞろいで、人工の皮膚らしきものの切り口も、ぎざぎざである。

「ソル、これは、なに?」

「………前の、パパの、市長の、指」

「前のパパの?」

「ぼくに、くれたんだ、わざと、ぐうぜんみたいにして。あのとき、湿地帯で」

「ねえ、ソル。湿地帯でなにがあったの？　ほんとうのことを教えて」

ソルは、だまって首を横に振った。

沈黙が流れた。

「ソル……」

さらに質問を続けようとするわたしをさえぎるように、ソルが口を開いた。

「ほんとうのことなんて、なんにもないよ、ママ」

「………」

「ほんとうのこと、とか、ほんとうじゃないこと、とか、区別できるものなんて、なにもないんだよ、ママ。ここで今、おこってることだけが、事実で、すぎちゃった時間のことは、ほんとうのこととか、ほんとうじゃないこととか、そういうのは、ないんだよ」

言いながら、ソルがゆっくりと上体を起こした。

「とにかく、それを、捨てて。指を、捨てて。ぼく、こんなもの持ってちゃいけなかったんだ。ずっと、ぼくだけの秘密で持っているつもりだったけど、それは、いけないんだ。パパも、市長も、二人いるはずなんて、ないんだから。今の市長の指は、ぜんぶそろってるんだから」

「……わかった。これを、どこに捨てればいいの？」

「あの窓は、開くよ」

ソルが、北側の小さな窓を指し示した。

「ぼく、見たんだ。前のママが、窓を開けて、小さな白いものを、泣きながら捨てたのを」

「白いもの？」

「前のぼくの、乳歯だって。前のママは、前のぼくの乳歯が生えそろうころからずっと一緒にくらしてて、歯が抜けかわるたびに、それを大事にとっておいたんだって。でも、これは、今のぼくのものじゃないから、空に返さなきゃって、言ってた」

　空を泳ぐ、いくつかの小さな白い乳歯。かつてソルが見た風景を思い浮かべながら、手の中の「前のパパ」の指を見た。皮膚はうす茶色にくすんで、細かな皺が寄り、針金さえ突き出ていなければ、本物の指と区別がつかないくらい、精巧にできている。これを空に放り投げれば、突き出た針金を尾ひれのようにして、器用に空を泳いでゆくかもしれない。

　ソルの指さした窓には、把手があった。今まで気がつかなかった。他の窓にはないものだ。把手に、手を当てた。

「それを、上に引っぱって」

　把手は固かった。腕全体に力を入れてそれを持ち上げると、かちりと鍵の外れる音がして、その隙間から入りこんできた空気に押されるように、窓が開いた。とたんに強い風がごうと吹き込み、顔に当たった。その風の中へと、指を握った手をまっすぐにのばした。

「ソル、ほんとうにいいのね？」

　ソルの顔を見た。目が合う。青白くくすんだ頬に、かすかな笑窪をうかべて、うなずいた。軽くうなずき返し、風の中に指を開いた。てのひらの上の指は、あっけなく風にさらわれて、飛ばされていった。

「ソル、飛んでいっちゃったよ」

「うん、ありがとう、ママ。あんしんした。ちょっと疲れたから、ぼく、もう、寝るね」

「そうね、ゆっくり休んだほうがいいわ。なにも、考えずに、ぐっすりお休みなさい」

ソルに近寄り、ベッドからだらりと下がった腕を取った。ひんやりとしてはいたが、きちんと脈を打っている。その目はすでに固く閉じられていて、くちびるがかすかに開いている。やすらかな息が、そこからゆっくりと吐き出される。

髪にふれると、少ししめっていた。額に汗の粒が光っていたので、白いタオルで軽く押さえた。肌にはつやがある。汗をタオルにすわせながら、心の中で、だいじょうぶ、この子はだいじょうぶ、ととなえた。

湿地帯でなにがあったのか、この子に訊くのはもうよそう。なにがあってもなくても、今ここでこの子が息をしているという、そのことだけが現実なのだ。現実を、誰かにとってかわられないように、しっかりと生きなくては。

「ママ……」

ソルが、目を閉じたまま、かすれた声を出した。

「なあに?」

「のどが、かわいた」

ソルの目は、閉じたままだ。

「飲み物、持ってくるね。なにがいい？」

「みず。みずが、のみたい。あまい、みずを、くんできて」

あまい、みず。甘い水。

わたしはそれを、汲んだことがある。記憶の深い深い場所が、ざわめいた。

記憶の蓋が開いて、今にも、水があふれ出しそうだ。

# 16 トムの動画レター

トムから送られてきたのは、一枚のディスクだった。

〈ケニへ。これは、動画レターです。伝えておくべきだったことを、ここに託します〉

ディスクには、一枚のメモが添えられていた。トムの、なつかしいくせのある文字。トムは、その日すべきことを、かならずメモに書いてから行動するひとだった。引退の日、トムの机から、大量の「今日、するべきこと」のメモがあふれ出てきた。袋につめて捨てようとしたとき、空中に舞い上がった白いメモは、羽根のようだった。トムがここに落としていった、日々の、ちぎれ落ちた羽根。

僕は羽根は作らない。頭の中に描いたメモは、その日のうちに消してしまう。

トムからの動画レターを見ることは、今日がはじまったときには「するべきこと」ではなかった。予定になかった急なできごとは、運命を変えてしまうことがある。深呼吸をして、ディスクを手に取った。

僕は、ミトンさんをガラス窓を通して見守れる位置に座り、ディスクを機械に差し入れた。液晶画面の中で、見慣れた顔が、かすかに揺れながら語り出す。

ケニ。ミトンさんは、元気にしていますか。実は、われわれが知りえた知識の中で、君に話していなかった重要な事実があります。話さなかったのは、事実、と断言できるかどうかわからない部分があることと、それが事実であったとしても、もはやなんの意味も持たないこと、そのわりには……刺激が強すぎるのではないか、と判断したからです。しかし、ミトンさんのすべてを任せた君に、知識のすべてを託さなかったことは、今になって私の判断ミスだと思わざるを得ません。引退したのちも、毎日、そのことが気にかかってしかたがありませんでした。黙っていて、悪かったです。

トムが深々と頭を下げた。すっかり白髪になった髪の、頭頂部がほのかに薄くなっている。もう一度顔を上げたとき、ぐっと老け込んだように見えてしまった。以前より少し頬がこけているように見えるが、光の加減のせいかもしれない。トムの顔は、少し緑がかっていた。

これから、小さいひとたちの姿を収めた動画を君に見てもらおうと思います。小さいひとたちの映像は、実はあまり残っていないのです。過ぎ去った時間が、映像として残ることを彼らがうまく理解できず、混乱したからです。ですから、小さいひとたちに見つからないように、映像資料はしまいこんだままになってしまいました。君にも、見せたことはありませんでしたね。君が関わるのは、ミトンさんだけだから、他の小さいひとたちのことは、考えなくてもいい、という判断からそうしました。けれども、ミトンさんは、たった一人きりでこの世に存在していたのではなく、小さいひとの住む、小さな島で生まれ、過ごしていたということを君に実感してもらうために、この映像を生かすこともできるのではないか、と思い直しました。最初に言った、重要な知識を理解するうえでも、映像という情報量の多い資料は、貴重だと思います。とはいっても、目立たないよう、小さなレンズで撮ったものなので、画質はあまりよくないです。こんな粗い画質の中の小さいひとは、本物ではない。そんな想いもあって、今まで封じ込めていたのかもしれません。とにかく、見てください。

トムがうつむいた。映像が切りかわる。まぶしい光。雲をつきぬける、太陽の光だ。映像がふっと暗くなる。誰かの顔が映りこんだのだ。逆光で、表情は見えない。しかし、笑い声が聞こえる。高い声の、鳥が鳴いているような。

やわらかそうな緑の草の上に、裸足の足が跳ねている。足の指の爪は、みな黄色い色に染められている。何本もの足が入り組んで、何人いるのかもわからない。淡い色の、やわらかそうな布のスカートが揺れている。カメラがゆっくりと引いてゆき、全体像が映し出される。たえず動きまわるひとの頭上に、ひとが突然ふわりと舞い上がる。舞い上がったひとは、空中回転をして、ふたたび群れの中に沈み込む。次々に、ひとが舞い上がり、次々に沈む。地上のひとたちは、たえず忙しくかけまわりながら跳ねている。

かけまわるひとたちの頭頂が水面で、舞い上がるひとは、水しぶきのようだ。ひらりと身体が翻ったとき、布がめくれて、内側が見えるのだが、下着の類いはなにもつけていないようだった。男も女も同じようなゆるい布の服を着て、同じように髪をのばしているので、ぱっと見た目は、区別がつかない。ひとびとは、高い声で興奮したような声を上げ続けている。

ときどき二人組が声をかけあいながら群れからはずれていく姿が、画面の隅に見える。これは、ペアを見つけるための行事のようなものなのかもしれない。

揺れとしぶき、離れてゆくひと。やがてしぶきは上がらなくなり、群れも散り散りになっていく。その場にぱたりと寝ころがるひともいれば、まだ疲れを知らずに走り続けているひともいる。中でもすばやく走っているひとがいる。小さいひとのなかでも、ひときわ小さい。首に赤い布を巻いている。横顔が見える。見たことのある顔。顔をこちらにむける。にやりと笑う。ミトンさんだ。今よりもずっと幼い、子どものミトンさんだ。自分の親指を前歯で噛んで目をそらす。胸の赤い布をはずし、広げて近づいてくる。画面いっぱいに赤い色が広がる。カメラを赤い布で覆ったのだろう。

画面が急に真っ暗になった。かすかに光るものがみえる。揺れながら黄色く光っている。炎だ。近づいていく。炎のまわりにひとがいるのが見える。みな、力が抜けたように座っている。寝ころんでいるひともいる。

横たわり、眠っているように見えていたひとが、ふいに起き上がる。風の音が高く鳴り響く。いや、風の音ではなく、起き上がったひとが出している声だ。そのひとに近づく。口を開けて声を出している。風をひびかせるような歌声があちらこちらから起こる。みな顔を上げ、かすかに口を開き、ハーモニーを奏でる。風がふいているだけだったような音がだんだんと形をつくり、はっきりした旋律になっていく。さまざまなひとの身体から放出されて、とけあって生まれた音楽。放たれたものを受け入れて、ふたたび放つ。それが音楽になる。炎の光に照らし出された小さいひとたちの表情は、こわいくらいに陶酔している。

画面が切り替わる。薄暗い。なにかが光っている。光っている場所へ、誰かが頭を近づける。光にくちづける。光がゆれる。光っているのは、水面のようだ。水を飲んでいるらしい。水面の光をゆらしながら、水を飲んでいるらしいひとが何人もいる。みんな、お祈りをしているようだ。ぞんぶんに飲んだと思われるひとは、身体をそらせ、横たわる。横たわったひとの髪を、やさしくなでるひとがいる。

あの水が、ミトンさんが飲みたがっていた、甘い味のする水なのだろうか。

ずっと髪をなでていたひとが、ふらふらと立ち上がり、どこかへ行こうとしている。足元がいかにもおぼつかない。その背中を追う。背中を撮られていることに気がついたのか、片手で払うようなしぐさをする。しかし、なおもその背中を追う。今にも倒れてしまいそうな、ゆっくりとした歩み。しかし、ゆくべき場所がはっきりとわかっている、迷いのない歩みだ。また片手が後ろに出される。不安定な指の動きは、追い払っているようにも、おいでと言っているようにも見える。

長い階段が見える。らせん状に、延々と続いているようだ。そのひとは、慎重に階段に足をかけ、一歩一歩、かみしめるようにゆっくりと上っていく。ゆっくりと、しかし止まることなく、確実に。上るほどに、力がみなぎってくるようだ。横顔に、満足そうな微笑みをたたえている。

らせんの階段の裏側に隠れてしばらくしたところで映像が切り替わり、トムの顔がふたたび現れた。トムが、しずかな声でふたたび語り出す。

火が焚かれていた場所は、水の湧き出る洞窟です。このような場所があることも、伝えていませんでしたね。小さいひとたちは、ここに湧き出る水が、とても好きでした。この水さえ飲んでいれば、他はなにもいらない、というほどに、心酔していました。

映像の最後の、階段を上っていた人物は、二度と戻ってきませんでした。階段の上で、消えてしまったのです。それを見たのは、この映像を撮った調査員一人です。彼は、あの、あきらかに生命力の弱っている人物が、一心に階段を上ってゆくことを不思議に思い、カメラを置いて、そっとあとをつけたのです。階段は長く、歩みは遅々としていました。しかし彼は、がまん強くこの人物のあとを、気づかれないようにしずかに追いました。山頂のような場所に来ると、そこは地面よりもずっと高い場所にあり、深くて暗い、大きな穴が空いていたそうです。

そこで調査員は見たのです。その穴の中に、あの人物が、荒い息をしながら、幸福そうに穴の中に落ちていくのを。幸福そうに。その言葉以上にぴったりとくる言葉は、見つからない、と調査員は、語りました。それほどに幸福な気分になれるのなら、自分もその穴に落ちてみようか、と思ったほどだそうです。

ケニ。これがどういうことか、わかりますか。調査隊が山頂で見たことは、映像の記録などは残っていないので、証拠はありません。はっきりしている事実は、階段を上った人物がその後、確かに消えてしまったということだけです。

そのときは、あの不思議なひとたちのことだ、そのくらいのことはやるだろう、というくらいの認識でした。

直後に、小さいひとたちは、われわれから感染したと思われる病に、つぎつぎに罹り、息絶えていきました。この楽園が、とつぜん地獄にかわってしまったのです。痛ましい日々が続きました。われわれは、苦しむひとの看病と、亡くなったひとの埋葬にあけくれました。

ある日、あの調査員が気づきました。亡くなったひとの数よりも、小さいひとの数が減っている。そのことに気づいてから、小さいひとの行動を、注意深く見るようになったそうです。すると、あることを発見しました。病がすすみ、生命力がおとろえ、ぐったりとしたひとがやおら起き上がって、歩き出すのを。彼らは、すいこまれるように洞窟の中に入っていったそうです。そして、迷うことなく、階段を上っていった。身体の弱ったひとが、もっと言えば死期を悟ったひとびとが、さまざまな方角からやってきて、洞窟にすいこまれ、階段を上っていったのです。調査員は、ともに階段を上り、山頂にたどりつきました。調査員は、ああ、と思わず声をもらしてしまったそうです。山頂の穴の中に、たどり着いたひとびとが、次々に落ちていったからです。ひとしく、幸福そのものの表情を浮かべて。

なぜ飛び込むのか、声をかけて聞いてみても誰も答えてはくれなかったそうです。うるんだ瞳で夢見るような微笑みを浮かべるばかりで。

調査員は、穴のふちにしがみついて、落ちていくひとを上から眺めるしかありませんでした。暗い深い穴の底にはかすかな光があり、ひとが底に落ちてしばらくすると、遠い水音が、底のほうから響いたそうです。

彼らは、穴の底の水の中に身を投じていたのです。そしてその水は、彼らが好んで飲んでいた洞窟の水……甘い味のするあの湧き水に通じているにちがいない、と調査員は言いました。つまり、甘い水には、小さいひとたちの身体がとけこんでいる、と言うのです。身体を水にとけこませて、生きている小さいひとたちの栄養分となって、還元されているのだと。死を予感したひとたちは、水となって生きているひとに入りこみ、その身体を新しくめぐる。そのために、最後の長い階段を上り、深い穴へ、幸福な覚悟をもって、落ちていくのだ、と。

次の日の朝には、生き残っている小さいひと数人とともに、全員がここを去ることが決まっていた、その夜になって、そんな話を聞かされました。しかし、感染を相互に繰り返すことで強力化した菌によって、われわれさえも危険な状態にありました。とにかく一刻も早く撤退しなければならなかったのです。調査員の彼を疑うということでもなかったのですが、にわかには信じがたい気持ちもありました。穴に落ちる小さいひとの話がほんとうだとしても、その先のことは、あくまでも彼の推測にすぎないのです。

ここを出て、落ち着いたら研究室でもっと詳しい話をじっくりと訊くことにしました。けれども、彼は翌朝いなくなっていました。しかし、われわれは、弱ってきている小さいひとの保護のため、彼を置いていくしかありませんでした。しばらく探してはみたのですが、時間切れになりました。仲間を一人見捨てたのだと思うと、たいへん辛かったのですが。

ふいに視線を感じて振り返ると、ミトンさんが、ガラスにぴったりと顔をつけて、ぼくのほうを凝視していた。ぼくのことを見ていたのではなく、ぼくの目の前の動画、つまり、トムの顔を見ていたのだ。

ミトンさんは、ガラスをてのひらでたたいた。もっとよく見せろ、ということらしい。ミトンさんに、この画面のトムは、過去の幻影にすぎないということが理解できるだろうか。

ミトンさんは、さらに激しくガラス窓を打ちつける。充血した目の際から、涙もにじんでいる。

ついに、頭をガラスに打ちはじめた。急いでミトンさんのもとへ行き、ガラスから身体を離して抱き上げた。

ミトンさんは、ぼくの腕の中で、手足をばたつかせて暴れた。

「トムがいる。トムがそこにいるじゃないか。会わせろ、オレに会わせろ」

「ミトンさん、あれは本物じゃないですよ。トムがあそこにいるわけじゃないですからね」

言い聞かせながら、ミトンさんを映像の前に立たせた。ミトンさんは、液晶画面のトムの顔にてのひらでふれ、画面の後ろをのぞきこんだ。

「トムは、こんな中にいるのか。出してやれ」

「トムはこの中にはいません。本物のトムにはもう、会えないのです」

僕の言葉に応えるように、映像の中のトムが語り出す。

いずれにしても、ミトンさん一人しか生き残っていない、小さいひとを対象として研究を続けること自体、もう意味がないのではないかと、引退をして時が経つにつれ、思うようになりました。われわれのしていることは、残酷で、傲慢なことなのではないのか、と。

これは私の個人的な願いなのですが、これからは、研究対象としてではなく、一人の人間として、ミトンさんがしたいように、させてあげてほしいのです。

最後に、ミトンさんの島へゆく方法の分かるファイルの保存場所とそれを開くためのパスワードを伝えておきます。もうあの島に戻っても、危険はないはずです。しかし、保証はできません。外気に曝されたとたん、ミトンさんの身体がもたない可能性は十分にあります。判断の一切は、ケニ、君に任せます。

トムの語るファイル番号とパスワードをメモしていると、一瞬トムの顔がゆがみ、ふつりと動画レターは終了した。ミトンさんは、暗くなった画面の前にぺたりと座り込んで、いつまでもそれを眺めていた。

「ミトンさん」

声をかけたが、ミトンさんは身動きもしない。

「見せろ」目が据わっている。

「はい」

「オレが住んでたところを、見せろ。最初から、見せろ」

「はい」

ミトンさんは、これが映像であることを理解しているようだ。動画レターを最初から流す。ミトンさんの横顔に、躍るひとびとの映像が放つ光がふりかかる。ミトンさんは、まばたきもしない。

「ここで」

ミトンさんが、島の映像を指さした。

「未来をなくすなら、ここで、なくしたい」

ミトンさんの視線が動き、ぼくの目とぴたりと重なる。

「ミトンさんの、望むように、いたします」

僕は、言葉をかみしめるように言った。ミトンさんは、大きく目を見開き、息を吸い込んだ。

「ほんとうだな」

「はい」

ミトンさんを島に連れていく。そう思うだけで、胸が高鳴る。

島に着いたときのミトンさんのうれしそうな顔が浮かんでくる。なによりもうれしそうな、僕が初めて見るその表情が。

その先を想像する。

高い高い山の頂点へ上るミトンさん。赤いスカートが、風になびく。細い足首が見える。その前に広がる大きな穴が見える。穴の底に、小さな光が見える。ミトンさんが、両手を広げ、遠い光に向かって、ゆっくりと下りてゆく。ゆれるスカートの赤が、きれいだ。

新しい未来へ、ミトンさんは降りてゆくのだ。

初出　季刊「真夜中」No.1（2008年4月刊）〜NO.6（2009年7月刊）
単行本化にあたり、加筆・訂正を行いました。

東 直子（ひがし なおこ）

1996年「草かんむりの訪問者」で第７回歌壇賞受賞。歌集に『春原さんのリコーダー』『青卵』（ともに本阿弥書店）、『東直子集』（邑書林）など。2006年『長崎くんの指』（マガジンハウス）で小説デビュー。『とりつくしま』（筑摩書房）、『さようなら窓』（マガジンハウス）、『ゆずゆずり』（集英社）、『薬屋のタバサ』（新潮社）、『らいほうさんの場所』（文藝春秋）など著作多数。近著に『水銀灯が消えるまで』（『長崎くんの指』改題/集英社文庫）。絵本に『あめ ぽぽぽ』『ほわほわ さくら』（絵・木内達朗/くもん出版）がある。

HP「直久」http://www.ne.jp/asahi/tanka/naoq/

甘い水

2010年３月19日　初版第１刷発行

著者　東 直子

発行者　孫 家邦

発行所　株式会社リトルモア
〒151-0051 東京都渋谷区千駄ヶ谷 3-56-6
TEL:03-3401-1042　FAX:03-3401-1052
info@littlemore.co.jp
http://www.littlemore.co.jp

印刷所　凸版印刷株式会社


ISBN 978-4-89815-285-0 C0093